La planète des Fous

Denis Marquet

La planète des Fous

ROMAN

Albin Michel

« Si nous ne trouvons pas des choses agréables, nous trouverons du moins des choses nouvelles. »

Voltaire, *Candide ou l'optimisme*.

« Comment savez-vous que je suis folle ? demanda Alice.
– Il faut croire, répondit le chat, que vous l'êtes ; sinon vous ne seriez pas venue ici. »

Lewis Carroll, *Alice au pays des merveilles*.

« Si les soucoupes volantes existent, elles enlèveront à quelques-uns, qui y tiennent encore passionnément, la conviction de plus en plus faible, que la science, malheureuse erreur d'orientation particulière à certains sur cette planète, aurait pu ne pas se produire. »

Henri Michaux, *Poteaux d'angle*.

Avant-propos

Tout a débuté un soir d'automne, quand une jeune femme a sonné à ma porte. Elle avait lu mes livres, elle les avait aimés. Elle me tendit un manuscrit, qui pourrait m'intéresser. Mais il fallait qu'elle me raconte son histoire. Elle était incroyablement jolie et cependant, il émanait d'elle comme une étrange lumière triste, que l'on ne rencontre habituellement que chez de rares et beaux vieillards : ceux qui ont su, au long de leur existence, sauvegarder leur amour de la vie dans le naufrage des illusions. Intrigué, attiré, je renonçai à la soirée studieuse que j'avais programmée, remplis deux verres de vin rouge et la priai de commencer.

Je dois avouer que son récit n'est pas croyable. Et pourtant elle, au moins, y croit. À plusieurs reprises, au cours de son long monologue, elle a versé des larmes qui n'étaient pas feintes, je peux en jurer. Et mes propres yeux ne sont pas toujours restés secs. Alors, folle ? Mais quand on referme son manuscrit, on ne sait plus ce qu'est la folie...

C'est une histoire d'amour. Mais celui qu'elle a rencontré n'est pas humain. On peut dire, en un certain sens, que c'est un extraterrestre. Mais cet extraterrestre-là contredit tellement l'image que nous nous faisons de ceux que nous nommons ainsi que le mot même semble inadéquat. L'être que son amoureuse a choisi de nommer X n'aurait pas de corps, et vivrait dans un plan de réalité qui n'est pas matériel. Pour admettre son existence, nous devons envisager l'hypothèse déconcertante que des planètes soient habitées par des créatures non matérielles, donc imperceptibles pour nous, mais néanmoins tout à fait réelles, quoique sur un autre plan et selon un autre mode de manifestation. Ces êtres, qui se désignent eux-mêmes comme des « Subtils », s'intéresseraient à nous. Chez eux, la Terre est connue comme la « planète des Fous » (ce qui, il faut en convenir, est un peu humiliant), mais aussi comme la « planète des Disparus » et ce point, on le verra, a son importance. X est une manière d'explorateur de haut niveau qui a reçu mandat d'étudier de près notre planète et ses habitants, et d'élucider si possible ce qui est la grande énigme existentielle des Subtils : la Disparition. Il s'acquittera de sa mission. Mais il payera pour cela le prix le plus élevé qui soit.

Le texte qui suit est le résultat d'un processus de traduction un peu spécial. Il est constitué des rapports que X a régulièrement envoyés à ceux qu'il appelle ses « Mandants ». Convaincu par la jeune femme qui m'a

10

confié ce manuscrit (du moins, c'est ce que celle-ci m'a affirmé) de l'utilité que pouvait avoir pour l'humanité la connaissance de ses rapports, il en a effectué une traduction. Mais celle-ci n'a pas été faite, comme celles dont nous avons l'habitude, d'une langue à une autre, à l'intérieur d'un même élément, le langage. Car les Subtils sont totalement étrangers au langage. Ils communiquent par ce qu'on pourrait appeler un transfert de vibration (une vibration serait l'équivalent d'une unité de sens). Or, pour leur nature subtile, tout est vibratoire : en communiquant une vibration, ils communiquent donc en quelque sorte la chose elle-même, c'est-à-dire un certain état de leur être : pensée, sentiment, désir, image, représentation – mais ces mots désignent apparemment des réalités infiniment trop pauvres pour rendre compte de ce que eux nomment leurs « états subtils ». Essayons d'imaginer que nous puissions dévoiler une pensée ou un sentiment en le donnant à éprouver à un autre exactement comme nous l'éprouvons nous... Pour ces êtres, communiquer est une véritable action, qui transforme le sentiment de soi de son destinataire. À ce titre il semblerait que, dans son travail avec la langue, X ait été intéressé moins par le sens des mots que par l'énergie créatrice dont ils sont porteurs, moins par l'aspect informatif que nous prêtons au langage que par une dimension performative en un sens très fort : opérer des métamorphoses dans les « états subtils » (nous

dirions « psychiques ») des destinataires de sa « traduction » : nous.

C'est peut-être une explication du caractère pour le
moins déroutant du style de X. Il faut préciser qu'un
Subtil aurait la particularité de lire parfaitement dans
les pensées humaines et que, pour acquérir une
connaissance à peu près complète de la langue parlée
par une personne, il lui suffirait de sonder son esprit
quelques secondes. Et il est vrai qu'on est frappé par
la précision de la pensée de X, par son art de rendre
limpides des notions et des représentations complexes,
étranges, difficiles à comprendre. On se demande
néanmoins parfois si certaines tournures bizarres, voire
apparemment peu appropriées, correspondent exactement à ce qu'il s'efforçait de signifier, ou sont de
simples maladresses imputables au caractère étranger
que revêtait pour lui le langage humain... À cet égard,
le lecteur s'apercevra que ma visiteuse a pris l'initiative
d'introduire de sa main des précisions utiles lorsque
le texte était par trop obscur ou allusif. À quelques
reprises, avec beaucoup de pudeur et de dignité, elle
donne aussi un témoignage plus intime de ce qu'elle
a vécu.

Si, à nos yeux, X existe dans un monde absolument
poétique, pour lui nous vivons dans un monde déchu.
Et c'est précisément ce regard, celui d'un parfait étranger, qui me semble un intérêt majeur de ce texte.
X, stupéfait par ce qu'il découvre, nous invite à nous

étonner de ce que nous sommes. Passant de la répugnance à l'apitoiement, de l'ironie railleuse à une fascination pour un mystère qui le dépasse, il nous offre la possibilité d'une distance neuve et salutaire avec notre propre condition. En outre, mû d'abord par une admirable passion d'éprouver et de connaître, bientôt par un immense amour, il se risque au-delà de tout ce qu'il sait. Sa prodigieuse odyssée dans les ténèbres de l'humain éclaire, je crois, d'une lumière inconnue le sens de notre aventure ici-bas.

Quand ma belle inconnue eut fini son histoire, les premiers oiseaux du jour chantaient déjà dans les arbres du jardin. De longues minutes, nous demeurâmes en silence, à laisser la nuit se dissiper, l'émotion se déposer. Puis elle se leva, me remercia et partit.

Je ne l'ai plus revue.

D.M.

Rapport 1

Tout est paré. Dans moins d'une demi-phase, je me matérialiserai aux abords immédiats de la planète des Fous.

Il est doux d'avoir été nommé Premier Découvreur. Je n'ignore pas que ce délice est lié aux qualifications singulières de ma trame-intime. Fidèle au parangon de l'authentique Explorateur, il m'est donné d'être amoureux des formes vraies, circonspect, rebelle au confort du racontar. L'état de noblesse et la folle-ardeur sont mes apanages. De surcroît, j'ai de la bouteille, et ne suis pas Subtil à me laisser happer par les appâts-torpeur de l'artifice. Il s'agit désormais de me mettre en œuvre. Accueillir le Grand Inconnu.

Comme cela tremble en moi de peur-désir !

(Les Subtils n'ont qu'une seule vibration pour désigner ce que nous distinguons comme peur et comme désir ; ils ne peuvent apparemment concevoir ni vivre l'un sans l'autre. Ils considèrent ce ressenti comme

15

« *l'état de noblesse* », *et nomment celui qui l'éprouve* « *l'être-en-acte* ».)

Rien de ce que nous croyons savoir de ce point du Cosmos ne résiste au regard juste. Il y a vingt cycles, ce globe n'était pas encore localisé dans la tri-dimension, et son existence même n'était l'objet que de rumeurs. La planète des Fous n'appartenait jusqu'à présent qu'à notre fantaisie. Il nous délectait fort de nous figurer dans nos rêves-simulacres un séjour peuplé de Consciences élémentaires de niveau bas, brutales, automatiques, dangereuses. Mais rien ne permet pour autant d'accoler une telle fable-chimère à la grande énigme des Disparitions, encore moins de surnommer ce globe, comme il est d'usage, « la planète des Disparus ». Aucun lien patent n'a jamais pu être établi entre le mystère des Disparitions et ce point du Cosmos, et les légendes au sujet des Disparus qui se seraient approchés un peu trop près de la planète des Fous sont dépourvues du moindre ancrage avéré. Je n'ignore pas que ma mission inclut la quête de toute lueur nouvelle au sujet de cet arcane insondable, et croyez bien que le cas échéant, je saurai m'en acquitter quels qu'en soient les périls. Mais présentement, foin du frisson facile ! Mon élan-désir est de m'exposer à la rencontre, et d'aborder en vérité ceux que nous avons nommés les Fous. Peut-être sont-ils réellement fous selon nos vues ; mais certainement ne le sont-ils pas selon les leurs. Et c'est bien ces dernières qu'il m'anime de connaître.

Aussi différents soient-ils de nous, s'ils sont des Consciences, ils ne peuvent être mauvais.

Rapport 2

Au secours !...

Des formes-visées contraires m'agitent. Je ne sais plus. Fuir ? Demeurer ? Renoncer à ma mission ? Oserai-je l'avouer : l'état de noblesse est menacé dans mon agencement intime. Peut-être en définitive sont-ils aussi fous qu'on le dit. Je ne sais pas ce qu'ils peuvent, ni quel danger ils représentent potentiellement pour un Subtil. Mais Créateur-Un ! L'horrible vibration de cette planète...

Précautionneux, je me suis matérialisé en orbite stationnaire, et me suis d'abord laissé graviter.

Une extraordinaire pollution se dégage de ce globe.

Dès l'instant-un de ma prise de forme, le chaos-douleur s'est emparé de mes sept centres. Traversé d'innombrables pulsations de densité terminale, assailli d'un fatras-foison d'émanations mornes-démoniaques, j'ai cru à ma dislocation. Affolé-suffoqué, incapable de supporter plus longtemps l'agression d'un environnement si contraire à ma structure, j'ai dû m'évaporer d'urgence, non sans me demander si la Disparition ne pouvait résulter d'une résorption des centres intimes dans des oppressions vibratoires anarchiques situées dans les paliers d'abjection.

(X s'est efforcé ici de traduire dans notre langage des notions qui sont radicalement étrangères à notre compréhension. Disons simplement que les Subtils se représentent – et habitent – une réalité qu'ils subdivisent en différents « plans » de densités vibratoires différentes. Ils seraient capables de transiter d'un plan à un autre en modifiant la structure vibratoire de leur être. Pour eux, ce que nous considérons comme le monde matériel est le plus grossier, le plus dense et le plus pénible des plans de manifestation. Le premier contact de X avec l'atmosphère psychique qui entoure la Terre lui est insupportable.)

Je me suis dématérialisé le temps de recouvrer ma fréquence d'unité, ai projeté dans le plan dense un senseur animique à large spectre, et attendu les analyses en jouant avec mes parties suaves, ce qui m'a fait du bien.

J'ai à présent les résultats. Ils sont terrifiants.

La planète des Fous dégage des ondes-refus de valeur sombre, lesquelles engendrent une accumulation d'agrégats-douleur qui obstrue presque entièrement son horizon subtil. C'est à se demander si les Consciences qui peuplent ce monde peuvent encore recevoir les non-fréquences informelles supra-lumineuses.

(*Cette dernière notion désigne des « informations » qui traversent les plans subtils, mais n'en proviennent pas. Malgré bien des réticences dues au sens que nous attachons à ces mots, X a reconnu que « divinité » ou « spiritualité » seraient les notions les moins éloignées de ce que veulent signifier là les Subtils.*)

Comment des Consciences peuvent-elles susciter un monde pareil ? Comment des Consciences peuvent-elles exister dans cette atmosphère vibratoire ? Le peuvent-elles sans devenir des monstres ?

J'ai besoin de repos.

Rapport 3

Deux phases de grand oubli m'ont apaisé. Mes centres sont réalignés, la dynamique légère est de nouveau en circulation.

Et la vision est là.

En moi les forces veules avaient souillé la peur-désir d'un voile de non-conscience. Tout à la saveur-sourire d'être Premier Découvreur d'un monde vierge, j'avais à mon insu minimisé le surgissement-surprise de l'advenir, réduisant ainsi l'intensité de mes danses de vie. Cette bourde-errance de néophyte, indigne d'un Explorateur, m'ayant rendu indisponible au Tout-Nouveau, le premier contact avec la réalité de la planète des Fous m'a chaviré dans le pur-effroi.

J'accepte maintenant la vérité : ma mission implique de subir la pression sombre, et dans des densités inexplorées. Selon toute apparence, il me faudra parfois transiter par les paliers d'abjection. Quoique l'on ignore ce qu'est Disparaître, le risque de Disparition ne peut être exclu.

Un état de noblesse ultime est requis.

Cela tremble en moi de m'essayer à ce défi.

(*Pour les Subtils, trembler est un état particulière-ment valorisé, en ce qu'il représente un degré élevé de l'intensité vitale.*)

Consciences ou non, je dois d'abord m'avancer à la rencontre des êtres qui peuplent cette planète. La modération requiert néanmoins, dans un premier temps, d'agir sans mettre en alerte. J'ai pour dessein de m'ajuster au diapason d'un horizon sensoriel de vaste résonance, afin de susciter à des fins d'orientation un pré-schéma globalisant au sujet de ce monde.

Rapport 4

Durant sept phases, prenant soin de ne pas exposer mon agencement aux fréquences nocives, j'ai parcouru la planète des Fous, observé les états vibratoires de ses habitants, sondé les plans de leurs tonalités fines, mais sans descendre au-delà des premières profondeurs d'opacité. Une vue d'ensemble liminaire m'est donnée. Il m'est désormais viable d'aborder la question dont dépendront toutes les autres :

les habitants de la planète des Fous sont-ils des Consciences ?

Si oui, ils présentent avec un Subtil, par-delà les différences formelles, un partage de trame-intime rendant possible une approche-rencontre.

Si non, ma mission est d'ores et déjà terminée.

Je dois dire que bien des apparences plaident en faveur d'une réponse négative.

D'abord, et ce fut mon premier constat : les Humains (puisque c'est ainsi qu'ils se désignent eux-mêmes) sont organisés en communo-cultures, un peu comme sur notre planète le peuple des Glomurques, ou sur la leur celui qu'ils nomment les Fourmis. Ils vivent en groupe, agissent selon des schémas répétitifs et conformés. Plus encore, ils semblent assujettis à la loi de l'humeur sérieuse !

Nous tenons naturellement cette dernière caractéristique comme incompatible avec le fait d'être une Conscience ; nous identifions de même la communo-culture avec le mode d'existence propre aux êtres-mus. Je crois que, sur ces deux points, il va nous être donné d'accueillir de troublantes nuances.

(La notion d'être-mû désigne un mode d'être opposé à celui des Consciences : entièrement soumis aux lois naturelles, non conscient, non libre, non joueur. La différence entre un Subtil et un être-mû serait comparable à celle qui sépare un être humain d'un animal.)

Mais préparez vos parties suaves, la suite est fin délire. D'abord (aucune facétie dans mon propos) les Fous, ou plutôt les Humains, éprouvent le besoin de *se définir eux-mêmes* ! Ils semblent pratiquer la définition d'une manière comparable à la nôtre, quoique limitée considérablement par un vecteur dont je ne comprends pas encore l'utilité, et qu'ils nomment le « langage ». Mais outre les êtres-mus et les formes-inertes, ils appliquent *aussi* à *eux-mêmes* l'effort de définition, comme s'ils étaient de simples objets assujettis aux lois !

24

J'anticipe le circuit de sens que l'on ne manquera pas de m'opposer : s'ils usent de la définition, c'est preuve que les Humains sont des Consciences ; et s'ils en sont, il est impossible que leur évidence intime ne leur révèle pas qu'ils échappent par nature à toute définition ! Certes : nous *croyions* cela impossible. Mais force est de constater que les Humains, qui sont bien des Consciences, en sont d'un type que nous sommes encore inaptes à concevoir. Et recueillement ! La suite relève encore davantage de l'état jubilatoire : comment les Humains se définissent-ils eux-mêmes ? Non pas comme des Consciences, mais comme des êtres-mus ! Et plus précisément, comme cette catégorie particulière d'êtres-mus qu'ils nomment « animaux ».

Ils disent d'eux-mêmes : « Nous sommes des singes. »

Je ne sais pas quelle sorte d'animal est un singe. Je suis encore incapable de saisir à quel niveau de fréquence ils perçoivent leur monde, donc quels contours ils lui donnent, ni quelle figure ils se donnent à eux-mêmes.

Ce que je peux dire, c'est que les Humains sont bel et bien des Consciences – mais qu'ils semblent ignorer qu'ils en sont !

Je ne méconnais pas que cette notion est pour nous absolument contradictoire. Les Humains sont des Consciences contradictoires – à moins qu'il ne nous faille, pour les aborder, lâcher tout ce que nous savons, ou croyons savoir.

Une question m'anime : le niveau prodigieux de pollution-souffrance qui émane de cette planète pourrait-il avoir un lien avec la structure éminemment paradoxale de la conscience humaine ?

Il me faut descendre encore vers de plus basses densités, même au danger de mon harmonie vibratoire, et m'approcher de leur intimité.

Mes compères, quel sur-émoi : jamais Subtil n'est descendu dans des profondeurs aussi glauques-obscures !

Rapport 5

J'ai sondé l'humain jusqu'à des densités qui pourraient rendre fou, et ne sont encore rien au regard des profondeurs d'abjection vibratoire où semblent se complaire ces êtres. C'est hallucinatoire. Un rêve-simulacre horrifiant de série basse. Les Humains sont des chimères, des irréalités, des contresens. Et pourtant ils sont.

Leur monde est un champ de forces en combat permanent les unes contre les autres.

Comme nous, chaque Humain est le lieu d'énergies multiples et de désirs variés. Mais chez eux, plutôt que de se vivre tour à tour, et de donner lieu au délice des métamorphoses, ces formes en puissance se disputent en permanence la prééminence et se livrent une guerre sauvage et sans merci ! Chaque agrégat subtil humain est un champ de bataille, soumis à la tyrannie d'une forme-pensée, puis d'une autre, puis d'une autre encore, chacune opprimant toutes les autres avant de se voir refoulée à son tour, le tout à *l'insu de la Conscience* qui est la scène de ce drame affligeant !

(La notion d'« agrégat subtil » correspond à peu près à ce que nous nommons « âme », en un sens individuel ou collectif.)

Par ailleurs, mais peut-être cela a-t-il un rapport, les Humains paraissent être des Consciences incapables de métamorphose !

Je sais qu'il s'agit d'un nouveau pas dans l'inconcevable. Mais ce monde semble obéir à des lois absurdes, et qui nous échappent au plus haut point.

La raison : leur agrégat subtil, selon toute apparence, est attaché de manière étroite à une forme-animale (le fameux « singe »), à tel point que la Conscience qui l'habite ne peut plus percevoir qu'à travers celle-ci !

Quelle est la nature de cet énigmatique attachement ?

Comment une Conscience peut-elle exister sans exercer son pouvoir de métamorphose ? Et n'est-ce pas précisément là ce que certains Subtils, frappés du mal de l'humeur sombre, nomment « l'Enfer » ?

Enfin, *que peuvent-ils bien percevoir* à travers cette forme-animale ?

Je suis en mesure de donner à cette dernière question un commencement de réponse. Mais il a fallu pour cela descendre très, très bas.

Rapport 6 : La perception des Humains

Pour entendre ce qui suit, il est convenable d'adopter un point de vue de Pur-Rieur.

(Les Purs-Rieurs sont des êtres lumineux que les Subtils situent sur des plans vibratoires élevés, et dont la contemplation leur est un délice particulièrement prisé.)

Attachée à son singe (les Humains disent aussi un « corps »), il semble que la Conscience humaine se trouve naturellement plongée dans les ténèbres. Elle est alors pour ainsi dire le contraire d'elle-même, et ce ne peut qu'être un supplice au-delà de tout. Fort heureusement, si l'on ose dire, ce corps possède cinq minuscules ouvertures vibratoires, que les Humains nomment « les cinq sens », et qui permettent à la Conscience de ne pas sombrer dans l'oppression annulatoire.

Fabriquant des liens entre les informations indigentes, discontinues, fragmentées, qui leur parviennent par ces cinq ouvertures, les Humains construisent ce qu'ils appellent « le monde ». Celui-ci semble leur donner une impression de cohérence.

Ainsi le champ de perception des Humains est-il d'une pauvreté à peine imaginable.

En outre, ils semblent incapables de concevoir la possibilité d'une autre manière de percevoir. Une Conscience non attachée à une forme-animale, et saisissant en simultané la totalité-merveille des fluctuations vibratoires, leur est une notion radicalement étrangère.

J'ai même perçu dans l'agrégat-dépôt collectif la pensée : « C'est le corps qui produit la conscience » !

Ce globe est bel et bien la planète des Fous, et ce dans des proportions que les plus joueuses de nos légendes n'ont pas soupçonnées !

Et cette question me cristallise en boucle : quel plaisir peut-il y avoir à exister de cette manière ?

Les Humains ignoreraient-ils le délice ?

Je vais savourer quelques phases de grand oubli, durant lesquelles je laisserai mes inerties compétentes analyser les données recueillies sur le « monde » que perçoivent les Humains.

(*La notion d'*« *inerties compétentes* » *désigne le plan vibratoire le plus grossier d'un Subtil : le moins joueur, le moins libre, ce qui le rapproche le plus d'un*

30

être-mû. *Cette dimension s'apparente à ce que nous nommons nos « facultés intellectuelles ».)*

Il me faut déterminer une apparence qui leur soit familière, afin de prendre zone au milieu d'eux et – qui sait ? – risquer une première rencontre.

Par le Grand Tremblement ! – Frères Subtils, ceci était peut-être mon tout dernier rapport... Mais je m'éclate !

(J'ai cru bon d'informer X du niveau de langue de cette dernière expression. Il décida néanmoins de la conserver car elle rend selon lui particulièrement bien une expérience de délice très appréciée des Subtils.)

Rapport 7

Fulguration-régal ! Ivresse ultime !

Il m'est donné le délice d'annoncer ceci : l'approche-rencontre a eu lieu.

Oui, un Humain m'a perçu, et nous avons échangé des formes-pensées.

C'est arrivé bien plus tôt que je n'aurais pu le prévoir, et dans des circonstances étonnantes. J'ai pris parage au ras de la planète, en un lieu que j'avais préalablement choisi pour son taux élevé d'oppression vibratoire, assuré de la sorte qu'il serait suffisamment peuplé. J'ai d'abord cru me retrouver situé dans le corps d'un Humain ! Mais l'habitacle de matière dense au sein duquel j'étais enfermé se révéla, suite à un rapide examen, tenir davantage de l'objet-inerte que de l'être-mû ; ce ne pouvait donc être la forme-animale à laquelle les Consciences humaines sont attachées. Bien vite, il m'apparut que se trouvait à mes côtés un agrégat subtil humain, dont les inerties compétentes engendraient des formes-pensées directionnelles. L'objet qui nous contenait, que cet être nommait sa « caisse », se mouvait dans les directions représentées grâce à l'action que son singe exerçait sur un objet circulaire nommé « volant ».

Mon compagnon était dans un état de confusion-belligérance inimaginable. Une terrible convulsion-souffrance tordait ses souffles intimes, due au fait que la rapidité du déplacement ne lui paraissait pas suffisante, à cause de l'entrave opposée par la présence d'autres Humains, eux aussi enfermés dans leur propre caisse. « Avance, enculé », « fils de pute », « connard » sont les notions que produisait son agrégat subtil, et selon toute apparence il s'arrangeait pour les rendre perceptibles à ceux dont elles étaient censées donner une description, puisque ces derniers lui adressaient en retour les mêmes formes-pensées. Celles-ci me paraissent trop liées à l'attachement des Consciences humaines à ce qu'ils nomment un « corps » pour que je puisse encore éclairer leur sens. Mon si fugace séjour au milieu des Humains m'incline cependant à poser l'hypothèse qu'elles jouent un grand rôle dans les relations qu'ils entretiennent les uns avec les autres.

Durant un quart de phase j'ai sondé les capacités perceptives de l'être dont je partageais la caisse, afin d'ajuster mon niveau vibratoire aux fréquences d'une de ses fenêtres sensorielles. Enfin, je réussis à m'accorder à ce sens qu'ils appellent la « vue ». Sondant les images de contour humain présentes dans ses réserves-mémoire, je tentai de me donner l'aspect d'un de ses pareils, choisissant, dans le but de ne pas le chavirer dans le pur-effroi, une image qu'il semblait particulièrement affectionner. Mon imitation de cet Humain, nommé « Freddy les Griffes-de-la-nuit », me semblait assez réussie, du moins pour une première tentative d'allure humaine ; je parvins même à produire, pour attirer son attention, une de ces vibrations qu'ils appellent « sonore », et qu'un rapide balayage de ses dépôts notionnels m'avait permis d'identifier comme une apostrophe de saveur-tendresse : « Coucou ».

Il m'entendit, puis il me vit. Un effluve de sublimité-suave m'envahit, d'avoir su établir le premier contact entre un Subtil et la conscience humaine. C'est alors que survint un étrange événement. Mon compagnon laissa échapper une longue vibration sonore, que je crus d'abord être une manifestation de bienvenue ; mais c'était le signe d'une bouffée de terreur-chaos qui l'envahit à ce point qu'il en négligea soudain de produire la moindre forme-pensée directionnelle. Notre habitacle de matière dense se mit alors à obéir aux lois d'en-bas, ce qui finit par entraîner sa brusque jonction-mélange avec une autre matière-dense. Durant le laps qui précéda ce phénomène, l'agrégat subtil de mon Humain s'était mis à vibrer à un rythme bien plus rapide qu'auparavant : les visions-mémoire se succédaient en lui dans un éclat-vérité tout à fait neuf. « Je vais crever » était l'affect dominant, associé à une fréquence de pur-effroi dont l'épicentre était situé au niveau des paliers d'abjection. Puis il me fut donné de comprendre le sens de cette notion, que les Humains appellent aussi la « mort ». Car l'agrégat subtil de cette Conscience fut soudain totalement délivré de sa forme-animale ! La caisse était métamorphosée en un objet immobile et de contour indistinct, auquel était étroite-ment mélangé-moulu le singe avec lequel avait été iden-tifié mon Humain. Et ce dernier, flottant à quelque distance au-dessus du sol, contemplait la scène en pro-duisant des formes-pensées de désarroi total.

□ Ma bagnole...

Il m'accorda son attention. À présent détaché de sa forme-animale, il me percevait distinctement à l'état subtil.

□ T'es est un vrai connard, toi ! Regarde ce que tu as fait à ma bagnole...

Un temps se forgea en moi la croyance que les Humains sont plus attachés à l'objet-inerte qui aide à leurs déplacements qu'au singe qui leur sert de corps. Erreur ! L'agrégat subtil de cet Humain, s'étant rap-proché du sol, aperçut soudain ce qui restait de son ancienne forme-animale, et je pris conscience qu'il ne s'était tout simplement pas avisé, jusqu'à ce moment, qu'il n'était plus attaché à son corps !

□ Putain, mais c'est moi, ça, engendra-t-il.

Sidération ! Outre le brouillard dense qui semble obstruer l'horizon lumineux de ce que j'ose à peine appeler ces Consciences, et qui ne leur permet même pas de constater la délivrance de leur agrégat subtil au moment d'une « mort » – il faut admettre qu'ils sont à ce point cramponnés-fondus à leur singe que même en le voyant annulé-démoli à distance de leur point de perception, ils disent encore « c'est moi » !

L'être prenait peu à peu conscience de son nouvel état. Je voyais la forme-pensée « je suis mort » tenter de se frayer un accès dans l'espace de lumière de son agrégat subtil, d'abord repoussée par des forces d'ombre, lesquelles durent finalement se retirer sous la poussée de l'évidence. « Je suis mort », émit-il dans ma direction. Il me percevait désormais dans les trois premières dimensions, et j'inclinai mes centres intimes en disposition réservée :

□ Le prime-abord de nos agrégats me fluidifie d'aisance.

L'Humain ne jugea pas utile d'engendrer le moindre retour d'affabilité-contact. Ses centres intimes, ventilés par la montée de l'étonnement, entraient peu à peu dans une nouvelle résonance. Se laissant gagner, non sans frôler parfois le pur-effroi, par une esquisse de disponibilité au Tout-Nouveau, cette Conscience faisait connaissance avec le frémissement, ce qui entraînait son déplacement, certes extrêmement lent, vers des plans vibratoires plus élevés. Une onde de micro-jubilation se mit à la parcourir lorsqu'elle s'avisa des possibilités perceptives nouvelles qui étaient les siennes, à présent qu'elle était délivrée de son corps.

Résolu à continuer mon exploration des plans denses, je ne suivis pas mon Humain dans son ascension vers les premiers niveaux d'ivresse. Chose étrange, lorsqu'il échappa à ma perception, il me sembla qu'il était en compagnie d'un Éveilleur. Mais comme je ne vois pas bien pour quelle raison un Éveilleur prendrait la peine de descendre des plans de Vacuité pour s'intéresser à un Humain, j'ai peut-être été le jouet d'un simulacre.

En conclusion de cette approche, je dirai que le plus beau cadeau que l'on puisse offrir à une Conscience humaine est ce que l'on nomme ici « la mort ». Et je me réjouis d'avoir été, pour mon premier contact avec un de ces êtres à la condition si misérable, le vecteur et l'occasion d'une aussi belle offrande.

Rapport 8

Ayant eu le privilège de pouvoir observer une Conscience humaine dans ses deux états, attachée, puis délivrée de sa forme-animale, il m'est possible d'ajouter quelques précisions sur le mode de perception de ces êtres.

Enfermés dans leur singe, ils ne perçoivent qu'un seul plan de réalité, extrêmement grossier (ils appellent celui-ci la « matière »), et encore d'une manière extrêmement fragmentée, comblant les abîmes vibratoires qui séparent leurs « cinq sens » par de complexes et savants échafaudages de formes-pensées. Les multiples plans de réalité dans lesquels nous transitons leur sont absolument étrangers. Si par extraordinaire ils parvenaient sur notre planète, il est probable que, ne nous voyant tout simplement pas, ils considéreraient celle-ci comme déserte et dénuée d'habitants ! En effet, ils ne semblent pouvoir concevoir d'autre manière d'exister que la leur. Ils perçoivent, de façon très confuse et approximative, leurs propres états subtils (qu'ils nomment « sensations », « sentiments », « émotions », « pensées » et d'autres noms encore), mais les considèrent en général comme des manières d'être de leur singe ! Cette grossière méconnaissance les rend incroyablement dépourvus de possibilités d'action sur leurs états intérieurs, ce qui est une dimension non négligeable de leur malheur.

(Les Subtils, à l'opposé, consacrent toute leur science et leur intelligence à la maîtrise et à la transformation de leurs états de conscience.)

Une fois délivré, en revanche, et après un temps de confusion intime due à l'extrême brutalité de cette transition qu'ils appellent « mort », leur agrégat subtil connaît une dilatation-jubilatoire dont le rythme et l'ampleur laissent à penser qu'en dépit de toutes les apparences, les Humains ne sont peut-être pas des Consciences élémentaires de niveau bas.

Cette impression est confirmée par un sondage de mes inerties compétentes, qui m'informe à l'instant que l'organisation communo-culturelle globale des Humains est, pour une part qui reste à déterminer, consacrée à la résolution du problème de leur emprisonnement dans une forme simiesque (et de la souffrance qui en découle). Les habitants de cette planète, avec une sagesse qu'il faut saluer, semblent en effet agir dans la mesure de leur pouvoir afin de faciliter la délivrance du plus grand nombre d'individus possible. Les caisses broyeuses de singes sont, comme nous l'avons constaté empiriquement, un vecteur non négligeable d'affranchissement. Par ailleurs, il est accordé à une certaine masse de privilégiés accès à un lieu nommé « le tiers-monde », où les Consciences ont la possibilité de priver leur singe des moyens nécessaires à son entretien (ils appellent cela « nourriture »), et connaissent ainsi une délivrance parfois très précoce. Dans d'autres lieux, de moins favorisés recourent à la méthode inverse, nourrissant leur singe à l'excès, ce qui entraîne aussi de nombreuses délivrances, quoique moins rapidement.

Enfin, les Humains disposent d'une invention apparemment très ancienne, d'une telle performance en matière de « mort » qu'elle témoigne sans aucun doute d'un véritable génie collectif : « la guerre ».

Je me propose à présent de prendre forme en un des très nombreux parages où des Humains en grand nombre se distribuent mutuellement délivrance en se livrant à la « guerre », afin d'étudier cette manifestation éminente de ce qu'il faudra bien nommer malgré tout l'intelligence humaine.

Quel frémissement !

Rapport 9 : La guerre

D'abord, ce fut merveille. En ces plans désertés par le délice, j'eus celui de connaître un lieu de noblesse authentique. Les Humains le nomment « champ de bataille », et c'est un parage sacré. Approchant, je fus saisi par la splendeur : des myriades d'agrégats subtils élevés au firmament, sombres encore au sortir de leur corps, de plus en plus radieux à mesure de leur ascension, chatoyant dans les dix mille fréquences de la délectation à mesure de la prise de conscience d'être délivré. Je peux le dire : ces êtres, ayant quitté leur singe, nous ressembleraient presque !

En bas, m'apparut un assaut de générosité. Deux masses d'Humains, chacune équipée de divers objets-inertes dont l'usage est de délivrer un grand nombre de Consciences dans un temps réduit (ils appellent cela « bombes » ou « missiles »), se rencontraient dans une ambiance d'une affabilité totale et presque festive. Aucun des camps n'utilisait ses propres moyens de délivrance pour un usage égoïste, comme il eut semblé

41

logique de le faire. Au contraire, tous étaient mus par un sentiment totalement tourné vers l'autre, et qui m'apparut de la plus grande noblesse : la haine. Celle-ci est une si puissante compassion pour tous ceux que l'on nomme « les ennemis » que, décidant qu'ils ne méritent plus les souffrances d'une aussi terrible condition, on s'emploie à leur en donner délivrance avant même de penser à la sienne propre.

Désireux d'approche-rencontre, je pris auprès d'un de ces valeureux, qui venait d'expédier dans les niveaux d'ivresse plus de deux cents ennemis d'un seul de ses « missiles », la forme la plus apte à susciter son attention.

□ Mon général ! engendra-t-il à ma vue, figeant ses fluides intimes.

Je m'attachai à transformer mes formes-pensées en vibrations sonores, selon les lois de ce qu'on nomme ici « langage » :

□ Mon ami, quelle générosité ! Comme il faut que vous chérissiez vos ennemis, pour les délivrer en si grand nombre de leur pitoyable état !

□ Ah, ah, ah, mon général, pour sûr ! J'en ai fait de la chair à pâté, de ces ordures !

À ce moment, la substance éthérique se trouva violemment convulsée par la dissémination brutale d'un missile venu du camp des « ennemis », peu soucieux de se trouver en défaut d'affabilité. Après le laps nécessaire à réaligner mes centres, j'aperçus le singe de mon interlocuteur, dont la moitié haute et la moitié basse se trouvaient réparties en deux endroits bien distincts de l'espace. Malgré la rupture-béance de sa forme-animale, son agrégat subtil n'était pas affranchi. Il demeurait attaché à la portion de son corps où se situe ce que les Humains appellent « la tête », et la sienne produisait encore des vibrations sonores.

☐ Ah, les fumiers ! Les salauds !

Sa délivrance était pourtant imminente, mais saisissement ! Une onde-refus de fréquence basse émanait de son centre-cœur. L'être se cramponnait à son demi-singe comme s'il ne voulait plus le quitter, ce qui faisait entrave à la mort approchant. Capable de percevoir avec une expertise de plus en plus fine la réalité que se représentent les Humains, je voyais mon compagnon, malgré la perte de ce qu'il désignait comme ses « jambes » (lesquelles constituent des appendices dont l'importance est prépondérante dans quelques déplacements du singe auxquels ces Consciences sont rivées) tenter au prix de bien des contorsions de saisir un certain objet-inerte grâce à l'un des deux appendices lui restant, terminé par un organe préhensile. Concentré sur les fréquences vibratoires, épouvantablement basses, qui constituent le sens que ces êtres appellent le « toucher », je réussis la performance, au prix d'un effort ardu, de m'y accorder durant un éclair de phase, et d'aider mon Humain à s'emparer de la chose qu'il convoitait (nommée la « g-g-grenade »). Des vibrations sonores signalèrent alors l'irruption soudaine d'une quantité d'ennemis, venus vérifier par les cinq sens la qualité de leur offrande de délivrance. « À l'assaut, engendraient-ils, exterminons cette racaille ! » Je perçus le dessein de mon Humain mourant lorsqu'une autre de ces convulsions qu'ils appellent « explosion », émanée de sa moitié de singe et plus précisément de la g-g-grenade dont il s'était saisi, secoua vigoureusement l'ambiance. Le brave, en dépit d'une douleur basse au-delà de nos possibilités de représentation, n'avait pas désiré se détacher totalement de sa forme-animale avant d'avoir pu rendre leur douceur à ses libérateurs ! C'est tous ensemble qu'ils commencèrent donc à s'élever, délivrés, en direction de paliers plus délectables. Avide de considérer leur joie, je les suivis.

C'est là que se produisit une série d'événements, qui inversa totalement mes circuits d'entendement.

L'Humain avec lequel j'avais échangé, passé le trouble intime consécutif à son affranchissement, approchait de plus en plus radieux des plans d'ivresse, lorsqu'il aperçut non loin de lui l'agrégat subtil bien dilaté d'un ennemi. Contre toutes mes attentes, loin de fusionner leurs parties suaves, les deux êtres se mirent à échanger des ondes-refus de valeur sombre : « Va niquer ta mère en enfer, fils du Diable », engendraient-ils mutuellement, chacun faisant entrave à l'ascension de son compagnon, et s'efforçant d'orien-

44

ter son parcours en direction des paliers d'abjection. À mesure qu'ils luttaient, des affects-refus grandissant lestaient leurs agrégats qui, arrêtés dans leur ascension, chutèrent bientôt en direction des plans denses. Et ces Consciences s'enfoncèrent dans de telles ténèbres qu'elles ne perçurent enfin plus leur délivrance, et ne surent utiliser leur pouvoir de métamorphose que pour imiter à l'état subtil l'aspect du singe dont elles étaient pourtant définitivement libérées ! De nombreux agrégats humains ayant suivi le même chemin, il advint au ras du sol terrien le recommencement hallucinatoire et sans objet du combat qui avait opposé tous ces êtres au temps de leur emprisonnement – invisible aux Humains non affranchis lesquels, après la bataille, avaient entrepris de ramasser avec une indéchiffrable tristesse tous les singes désormais inertes qui jonchaient le lieu.

Après investigation, je peux dire que les Humains nomment « fantômes » un des leurs dont l'agrégat subtil, bien que délivré, se trouve trop lesté de pesanteur intime pour gagner les paliers d'ivresse, au point parfois de perdre la conscience d'être passé par ce qu'ils appellent « mort », et de se croire encore attaché à son singe ! Mais les Humains, en général, ne croient plus aux fantômes.

C'est pourtant à une bataille de fantômes qu'il me fut donné d'assister. Stupéfaction-berlue ! Ces Consciences, désormais rendues à leur nature et dotées d'un pouvoir d'expérience sensorielle et de métamorphose presque illimité dans les sept premiers mondes, les voilà qui reproduisent leur condition d'asservissement ! Échangeant des projectiles imaginaires sans distinguer qu'ils ne sont que des productions de leurs formes-pensées, se les figurant exploser sans s'apercevoir qu'aucun d'entre eux n'est tué (et pour cause !), elles poursuivent indéfiniment ce non-jeu, ce manège machinal sans invention ni délice.

Vaines furent mes tentatives pour informer ces êtres de leur nouvel état, comme de l'inanité de leurs absurdes efforts : aucun ne me prêta la moindre attention. Au point qu'il me fallut recourir à la contrainte pour détourner l'un d'eux de son bas-simulacre : ayant sondé ses mémoires en quête d'effigies-forces, je l'environnai d'un songe de lumière habitable, propre à le ravir prestement à son tourment-délire.

□ Mon Seigneur et mon Dieu, produisit-il en se pliant en douze.

Les Fous nomment « Dieu » le Mystère des Mystères, et se le représentent comme un vieux singe très grand et très poilu de la tête. Face à cette forme que j'avais convenablement forgée, mon Humain, recouvrant une esquisse de quiétude, émergea du chaos-chimère et du fatras-fomentation. Son agrégat subtil un tant soit peu réaligné, je pus enfin lire en lui.

Par le Suprême Chaos des Basses Compacités ! Les Humains sont des malades.

Celui-ci n'avait au cœur, concernant ceux de ses semblables qui avaient eu l'infortune de naître dans une certaine contrée située en bordure de la sienne, que des formes-pensées de bas-refus : les considérant indignes d'être humains au même titre que lui, il jugeait que la moitié des malheurs de ce globe serait effacée si leur peuple venait à être éradiqué de sa surface. C'est pour cette raison qu'il croyait bon de leur faire la guerre.

Les habitants de cette planète, faute de se connaître eux-mêmes comme Consciences, et de percevoir ainsi le scandale et la détresse de leur emprisonnement dans une forme-animale, s'attribuent les uns aux autres les souffrances inhérentes au malheur de leur condition ! Ignorants d'eux-mêmes au plus haut point qu'on puisse imaginer, ils perçoivent chacun de leurs malaises, non comme un effet naturel de leur tragique déchéance, mais comme un accident dont ils attribuent systématiquement l'origine à l'un de leurs semblables. C'est pourquoi la générosité que j'avais cru déceler dans l'affect de haine n'était qu'un leurre, auquel je n'ai adhéré qu'aveuglé par le goût d'honorer. Aucun d'entre eux ne désire en réalité pour lui-même une délivrance qu'il ne prodigue à son ennemi que dans l'absurde espoir d'être ainsi soulagé d'une part de sa peine ! Contrairement aux apparences et à l'horizon juste, ce n'est donc en rien mus par quelque souci de l'autre qu'ils se confèrent mutuellement une

mort que beaucoup, mystérieusement attachés à leur
misère et rivés aux plans denses, ne savent même pas
goûter quand elle leur est donnée...

Les Humains veulent le malheur les uns des autres,
et c'est ainsi que chacun redouble le sien.

Ces êtres répugnants me donnent envie d'honnir.
Pour ne pas sombrer dans le bas-refus, il m'est nécessaire de les oublier durant quelques phases. Occulta-
tion.

Rapport 10

Par l'Éternel-Nouveau ! L'accablement fut bref ! En quelques phases, le régal-élan a ranimé mes danses de vie, et la vision m'a été donnée. C'est l'ardeur d'aimer les Fous qui m'avait égaré dans l'exégèse-escamotage et l'horizon-simulacre. Ayant échafaudé du faux-délice en m'abusant moi-même au sujet des sentiments qui animent ces êtres, ayant usurpé par l'artifice du déni-lubie l'accès aux premiers plans d'ivresse, le retour du Réel (béni soit-il) m'a, selon les Lois, fait chuter dans les plans denses. Cela n'est nullement imputable aux Humains, mais à ma seule frivolité. Quant à ces derniers, ma tâche est non de les aimer, encore moins de les juger, mais de les étudier.

C'est à quoi je me suis employé dès le retour de la saveur d'être. Débridez vos méridiens ! J'ai de nouveau vécu l'approche-rencontre. Les Fous sont déroutants, saugrenus, fantasmagoriques. Et périlleux ! Voici les faits.

Me fiant à l'aléa, j'ai pris parage au cœur de ce que les Humains appellent une ville.

(X a préféré le terme d'«aléa» à celui de «hasard», car les Subtils considèrent ce que nous entendons communément par cette dernière notion comme une aberration. L'aléa, pour eux, est une «rupture-béance» dans l'enchaînement des causes et des effets, créée par une Conscience en état de confiance-abandon, et qui permet l'irruption dans les plans habituellement régis par les Lois naturelles d'une liberté créatrice de sens, ayant sa source dans un au-delà des mondes vibratoires : là encore notre notion d'Esprit, au sens de «ce qui inspire», paraissait à X la moins éloignée de sa pensée.)

En quête d'une base mimétique convenable pour me donner apparence aux yeux des autochtones, je me suis aligné sur la première image-allure humaine qu'il me fut donné de capter dans l'agrégat subtil de ce que les Fous nomment une «jeune fille». Il faut préciser (enquête de mes inerties compétentes) que les habitants de cette planète connaissent comme nous la double polarité Accueil-Action, mais que l'une d'entre elles est nécessairement dominante, au point qu'elle s'inscrit dans leur forme-animale d'une manière définitive ou presque, sous l'aspect de ce qu'ils nomment un «sexe». Certains Humains sont de dominante Accueil, et sont appelés usuellement des «femmes», des «filles» ou des «salopes» ; les autres sont de dominante Action, et désignés comme des « mecs » ou des « hommes ». Tout n'est pourtant pas aussi tranché, car il existe une catégorie de « mecs » dont la dominante serait plutôt l'Accueil (ce sont les « pédés ») ; par ailleurs, il semble que la possibilité de changer de sexe soit offerte aux Humains mais, pour une mystérieuse raison, ils n'y recourent qu'exceptionnellement, et en tout état de cause une seule fois dans leur vie.

Et donc, l'agrégat subtil de cette « jeune fille » était abondamment adonné à la dévotion pour une forme-animale de type « homme », à laquelle elle consacrait de nombreux rêves-simulacres, et dont je copiai l'allure pour me rendre perceptible. Aussitôt advint un phénomène déconcertant. Des Humains, en nombre croissant, et pour la plupart de sexe « femme », se mirent à affluer vers mon parage en produisant une intense vibration :

☐ Rayane Lover ! C'est Rayane Lover ! Hiiiiiii ! Rayane !!!

Toutes tendaient vers mon apparence les appendices préhensiles du haut de leur singe (que les Humains nomment les « mains »), avides de toucher ce Rayane Lover. De plus en plus nombreux, des agrégats subtils se rapprochaient de ma personne, me cernaient, m'encerclaient, au point de s'amalgamer à mes fluides périphériques. Une étrange lassitude commençait à me gagner, à laquelle je ne prêtai d'abord pas suffisamment attention, fasciné-sidéré que j'étais par le manège de ces créatures. Il fallut que la langueur qui me gagnait me fît frôler l'étiolement-dissociation pour que je m'avise que ces petites goulues-goujates, sans même avoir pris la peine d'échanger avec moi la moindre forme-pensée, étaient tout simplement en train de se nourrir de mon agrégat subtil ! Avec un art consommé, elles avaient mis en place un détournement-succion de mes souffles intimes qui me vidait inexorablement de ma substance. La spontanéité de mes danses de vie se trouvant menacée, une réaction de mes inerties de bouclage entraîna dans un premier temps l'effritement-dissipation de ma forme Rayane Lover, puis mon retrait-tourbillon pur et simple. Mais quel péril !

(Les « inerties de bouclage » désignent la force, que les Subtils considèrent comme extrêmement fruste et grossière, qui maintient le sentiment d'unité-intime de ces derniers, leur permettant d'échapper à l'angoisse de dissolution. Comparable à ce que nous appelons « ego », à cela près que les Subtils considèrent comme une aberration de s'identifier à une force aussi basse.)

Retrouvant mon alignement, je repris vigueur en observant ces êtres à leur insu. L'effacement brutal de leur pitance les avait plongés dans le plus grand désarroi. Le chaos-panique (dû, semble-t-il, à la brusque disparition de Rayane Lover) faisait cavaler-divaguer ces jeunes filles dans les huit directions en engendrant des vibrations sonores de haute intensité, au point que plusieurs Humains soucieux de maintenir l'ordre firent bientôt leur apparition, les sommant d'introduire leur singe dans une forme-inerte de type « caisse » et de grande taille, qui les emmena dans un lieu que l'un d'eux désigna comme le « trou ».

Ces événements appellent rumination-mûrissage. D'abord, il me faudra déployer davantage de circonspection. À me laisser consommer-sucer sans regimber, j'ai frisé l'extinction-léthargie. Ces êtres sont dangereux. Il est bon qu'une juste vigilance tempère désormais la ferveur du Tout-Nouveau.

Quant aux Fous, immersion supplémentaire dans l'atterrant-dément, ils se nourriraient donc les uns des autres ! Certains Humains auraient-ils pour tâche spécifique de se donner en pâture à leurs prochains, tel ce Rayane Lover ? L'extrême vénération-dévotion dont ce dernier se trouve entouré serait-elle liée à sa fonction nutritive-nourricière ? L'élite humaine serait-elle constituée d'êtres se détachant de la masse par leur faculté d'alimenter leurs semblables en fluide de vie ? Faut-il admettre que la majorité des Humains, inapte à l'ouverture-ajustement aux Sources Nourricières subtiles, se trouve en situation de totale dépendance par rapport à un nombre réduit de congénères ?... Mais je me laisse enivrer par la présomption-papotage ! Il me faut recueillir des faits précis.

Ardeur, mes inerties compétentes ! À l'étude ! Pour ma part, je vais me laisser dilater par un grand oubli bien mérité. Néant.

Rapport 11

Après sondage, il apparaît que les Fous disposent d'une notion pour désigner l'acte de se nourrir d'un congénère : ils appellent cela « l'amour ». Un lieu serait particulièrement propice pour se livrer à l'amour : la « famille ».

Il faut rappeler que les Humains, bien qu'étant des Consciences, présentent un mode d'existence organisé en communo-cultures. Comment des Consciences peuvent-elles souffrir d'être soumises aux comportements inertes, répétitifs et conformés qu'implique une telle manière d'être, je ne le conçois pas encore ; toujours est-il que la famille semble être la plus petite unité communo-culturelle connue sur cette planète, et que c'est le lieu où l'on pratique l'acte nutritionnel ou, comme ils disent : l'amour.

Afin d'étudier plus avant les coutumes alimentaires en vigueur sur cette planète, je me propose de prendre parage au sein d'une famille.

Rapport 12 : La famille

Une famille humaine vit ordinairement au sein d'une forme-inerte stationnaire nommée « maison ». Laissant l'aléa guider ma prise de parage, je me suis retrouvé à l'intérieur d'une maison de taille moyenne, située au milieu de beaucoup d'autres de même taille et de même apparence, et plus précisément dans une subdivision que les Humains désignent sous le nom de « cuisine ». Peu désireux d'adopter une allure susceptible de déclencher un nouvel accès d'avidité-boulimie à mon endroit, je résolus, avant de m'accorder aux fréquences perceptives humaines, d'étudier avec prudence et minutie l'agrégat subtil de l'être qui habitait cette cuisine (une femme nommée « La-Maman »). J'appris ainsi que la famille occupant cette maison était composée de trois autres membres : deux « Enfants » (j'ignore encore ce que recouvre cette notion), l'un étant plus particulièrement associé à l'appellation de « Y-M'-Rend-Folle » et l'autre à celle de « Monbébé », et un « Il-En-Fout-Pas-Une-Rame »,

également désigné (mais plus rarement) comme
« Mon-Mari ». Ce dernier assumant la fonction éminente de « Tyran domestique » (ce qui tendrait à prou-
ver que les Humains ne sont pas étrangers à la notion
de hiérarchie), je pris la peine de transiter vers le
« salon », afin de sonder également son agrégat subtil.

En dépit de divergences marquées, La-Maman et
Il-En-Fout-Pas-Une-Rame étaient en accord sur deux
points fondamentaux : premièrement, que vivre l'un
avec l'autre constituait un « calvaire » (il faut entendre
par là, semble-t-il, un mode d'existence non jubilatoire) ; deuxièmement, que l'un et l'autre auraient
besoin d'un « Psy ».

Après sondage, il apparaît que les Humains nomment « Psy » un important personnage dont la fonction s'apparente, toute proportion gardée, à celle d'un
Dérideur.

*(Le Dérideur est un être de niveau vibratoire par-
ticulièrement élevé, dont la fonction est de guérir les
Consciences saisies par le mal de l'humeur sombre.
Les Subtils attribuent ce trouble, qu'ils redoutent tout
particulièrement, à une perte du sens du dérisoire.)*

Je décidai que la forme Psy était propice pour espé-
rer l'accueil. Sondant les images de Psys dans les réserves-mémoire de La-Maman et d'Il-En-Fout-Pas-Une-
Rame, empruntant là un élément, ailleurs un autre, je
forgeai une synthèse multisensorielle extrêmement
réussie, que je matérialisai au milieu de la cuisine,

ponctuant mon apparition d'une vibration caractéristique de Psy :

☐ Qu'est-ce que ça vous évoque ?

Une fois encore, la réaction ne fut pas celle escomp-
tée.

Dès qu'elle m'eut perçu, La-Maman, émettant une
vibration sonore de haute intensité, contracta d'un
seul coup son agrégat subtil, ce qui entraîna le retrait
de sa Conscience très loin des ouvertures sensorielles
de son singe, lequel, absenté de la situation, se mua
en forme-inerte allongée-ramollie sur le sol. Il-En-
Fout-Pas-Une-Rame, alerté, produisit depuis le salon
une interrogation-récrimination :

☐ Qu'est-ce que c'est encore que ce bordel ?

Imitant la texture vocale de La-Maman, je tentai de
le rasséréner :

☐ Ce n'est rien, Il-En-Fout-Pas-Une-Rame, nous
avons juste une petite visite !

Puis je m'efforçai d'aider l'agrégat subtil de La-
Maman à ré-intégrer-animer sa forme-animale. Pour
cela, je lui donnai ce que les Humains appellent des
« claques ». Cette technique est très efficace et le singe
de La-Maman, bien qu'encore quelque peu mollas-
son-titubant, ne tarda guère à retrouver la station
debout.

☐ Comment ça, « une petite visite » ?

Il-En-Fout-Pas-Une-Rame pénétrait dans la cuisine.
À ma vue, il eut un mouvement de recul-défiance.

☐ C'est qui ce type ?

☐ Coucou, je suis un Psy !

Il se tourna vers La-Maman.

☐ Qu'est-ce que c'est que cette histoire ?

☐ Je t'assure, je n'en sais rien, je...

☐ Encore ton embrouille de thérapie familiale ? Tu veux absolument me forcer la main !

☐ Mais non, je...

Soucieux d'apprivoiser-allécher Il-En-Fout-Pas-Une-Rame, j'eus recours à une forme-pensée qu'il affectionnait tout particulièrement :

☐ Rassurez-vous, c'est totalement gratuit.

Les Fous désignent par cette dernière notion une pathologie de l'échange extrêmement grave, et semble-t-il assez répandue, dont le symptôme principal est un appétit de recevoir sans donner, et la conséquence une fermeture-atrophie des canaux nourriciers. Ahurissement : loin de lutter avec toute la détermination requise contre un tel fléau, les Humains semblent au contraire lui accorder une grande valeur !

☐ Gratuit ?

Approfondissant mon investigation, je remarquai dans l'agrégat des deux Humains présents, en quantité abondante, des traces d'un type de discours qu'on nomme ici « publicitaire », et qui vise à produire dans les ressentis subtils d'un congénère des modifications favorables à certaines fins. Deux éclairs de phase me suffirent à en pénétrer la très sommaire logique (il est invraisemblable que des manœuvres si grossières puissent avoir sur des Consciences la moindre efficacité, mais passons sur ce point), et je poussai mon avantage :

☐ Vous avez été sélectionnés dans un très large panel de consommateurs, et selon des critères extrêmement rigoureux.

☐ Ah ? s'adoucit Il-En-Fout-Pas-Une-Rame. Et ça consiste en quoi ?

☐ Il s'agit d'une étude psychosociologique, portant sur quelques familles se distinguant par leurs éminentes qualités, et que nous vous offrons sans aucun engagement de votre part.

L'agrégat subtil d'Il-En-Fout-Pas-Une-Rame ondulait à présent comme un gros Mélinou fanfaron-cajolé.

(Le Mélinou est un être-mû dont les Subtils apprécient particulièrement la compagnie.)

☐ On va passer à la télé ?

N'ayant pas le loisir d'approfondir la nature de ce dernier objet, je demeurai évasif :

☐ Ce n'est pas impossible... Pour l'instant, j'ai simplement quelques questions à vous poser.

☐ Je vous en prie ! Si vous voulez bien passer au salon ?...

☐ J'aurais aussi besoin de la présence des Enfants.

La-Maman, ayant recouvré ses capacités, monta chercher ces derniers. Je vis bientôt paraître, accompagné d'une puissante vibration sonore qu'il me fut

60

impossible de déchiffrer (yaaouuh, ou quelque chose d'approchant), un agrégat subtil humain relativement bien dilaté, et dont le niveau vibratoire était nettement plus élevé que celui des Humains rencontrés jusqu'alors.

□ Y m'rend folle, ce gosse, émit La-Maman sur un ton gémissant-moribond.

Elle descendait ce que les Fous nomment un escalier, tenant par la main un deuxième Enfant que, par déduction, j'identifiai comme Monbébé.

□ Pourquoi tu cries comme ça ? Tu sais bien que ça me tue...

C'est alors qu'il me fut donné d'assister à un moment d'amour familial. Car à ces derniers mots, qui lui étaient destinés, l'agrégat de Y-M'-Rend-Folle se contracta brusquement et se disposa en état de vigilance-alerte à l'égard de La-Maman. Immédiatement, un canal nourricier subtil ondoya-coulissa de cette dernière, et vint se connecter aux fluides périphériques de son Enfant, chapardant-suçotant ses souffles intimes à la faveur de l'attention inquiète qu'il s'était mis à lui prodiguer. Ce dernier fut rapidement déserté par l'état jubilatoire et le chatoiement de son agrégat diminua fortement d'intensité. La soustraction de substance vitale lui occasionnant un important tourment-pénurie, il tenta aussitôt de soulager celui-ci en s'emparant d'un objet-inerte en forme de caisse, mais de format réduit, que Monbébé avait entrepris de faire rouler sur le sol. Tandis que ce dernier tentait sans aucun succès de reconquérir son bien, Y-M'-Rend-Folle retrouvait quelques couleurs. Je m'aperçus qu'il s'était mis à son tour à se nourrir de l'agrégat subtil de son petit congénère. Celui-ci choisit alors de produire une vibration sonore de très haute intensité, dont l'objectif était de susciter chez les autres Humains un état supplicié-taraudé de valeur terminale. L'attention immédiate que lui valut cette initiative de la part de La-Maman et d'Il-En-Fout-Pas-Une-Rame lui permit d'entamer identiquement une ponction-sustentation salvatrice de leur substance, jusqu'au moment où Il-En-Fout-Pas-Une-Rame recourut à son égard à la technique de réanimation que j'avais employée avec succès sur La-Maman, mais selon une visée exactement contraire : la « claque » entraîna une rétractation-réflexe de sa substance intime qui l'aurait mis en grand danger d'oppression-dissolution, si La-Maman ne l'avait aussitôt enveloppé de son singe :

□ Monbébé !

Ce fut l'accalmie. La-Maman, à l'aide d'un long regard chargé de ce que les Fous appellent « reproche », se nourrissait doucement de Y-M'-Rend-Folle, alimentant pour sa part l'agrégat de Monbébé qui, après avoir viré au gris sombre, retrouvait une légère teinte bleutée avec quelques nuances faiblement orangées. Il-En-Fout-Pas-Une-Rame captait négligemment les fluides de Monbébé grâce à l'effroi-sollicitude qu'il continuait de lui inspirer. Son statut de Tyran domestique se vérifiait au fait qu'il était le seul à être nourri sans nourrir. Y-M'-Rend-Folle, quant à lui, était le seul à nourrir sans être nourri. Pour calmer la douleur en résultant, il prit la résolution de ne plus jamais s'abandonner à l'état jubilatoire.

☐ Excusez-nous pour cette agitation, monsieur, émit Il-En-Fout-Pas-Une-Rame dans ma direction. Nous sommes à votre disposition.

Mais ma forme humaine était déjà résorbée dans la sphère subtile. J'en avais assez vu.

Rapport 13

Par le Feu-Mystère ! En dix-huit cycles d'exploration-pérégrination dans les sept premières dimensions, j'en ai croisé, des entités biscornues-délirantes... Mais il me faut bien avouer que jamais, au grand jamais, il ne m'a été donné de rencontrer coutume alimentaire plus vile, plus absurde et plus nuisible que ce que les Fous nomment « amour » ! Après sondage, je suis en mesure de préciser que, si ce dernier se pratique effectivement de manière privilégiée dans le cadre de la famille, les Humains en font un si grand cas qu'il n'est aucun domaine de leur vie communo-culturelle qu'ils ne jugent propice pour s'y adonner : ils l'appellent « amitié » quand ce sont des égaux qui se dérobent mutuellement le fluide vital, « gloire » ou « considération » lorsque ce sont des inférieurs qui servent de pitance, « charité » s'il s'agit de nécessiteux... Aucun n'étant capable d'ouverture-ajustement aux Sources Nourricières subtiles, tous sont naturellement en manque ; chacun cherche donc incessamment une occasion d'amour qui, ne mettant aux prises que des indigents n'ayant à donner que ce dont ils ont préalablement dépouillé un autre, les laisse au bout du compte encore plus carencés-courroucés qu'avant une tentative dont pas un ne songe à questionner le bien-fondé !

Il existe néanmoins une certaine catégorie d'Humains qui semble moins touchée par le dérangement collectif qui affecte cette planète : ce sont les Enfants. Disponible au délice, un Enfant n'est pas totalement étranger à l'état jubilatoire. Si son singe est de plus petite taille que celui d'un Humain malade (ils disent aussi : « adulte »), son agrégat subtil est quant à lui beaucoup plus dilaté, limpide et chatoyant, car le fluide nourricier y circule en relative abondance. Les Enfants sont en effet capables, en vertu de leur aptitude à l'exultation-régal, de s'aligner-raccorder dans une certaine mesure aux Sources Nourricières subtiles. Hélas, cette caractéristique fait de l'Enfant un objet d'ardente convoitise de la part des malades. Leur état souffreteux-cacochyme ne permettant pas à ces derniers de supporter l'intensité d'un agrégat vivace, ils en pompent-ingèrent ce qu'ils peuvent absorber, et s'attachent à réprimer-garrotter ce qui excède leur capacité. Et comme, par une de ces aberrations-difformités qui constituent la norme en ce lieu, ce sont les assommés-moulus qui occupent le rang hiérarchique le plus éminent, ils considèrent leur état comme préférable à celui d'une bonne santé. Les malades nomment donc « éducation » une entreprise par laquelle ils s'attachent à rendre les Enfants aussi adultes qu'ils le sont eux-mêmes. Ils sont parvenus à se persuader qu'ils agissaient ainsi pour leur plus grand bien, et s'efforcent d'en convaincre leurs petites victimes...

La question qui me cheville en volute, à présent, est de savoir par quelle insanité-divagation les Enfants, se révélant à ce point supérieurs aux éreintés-flapis qui les assujettissent et les vicient, acceptent sans broncher cette hiérarchie dénaturée... Afin de creuser cette énigme, je vais donc tenter une approche-rencontre approfondie avec un de ces Humains aussi éminents qu'infortunés.

Rapport 14

Ravissement ! J'ai sillonné la Sphère du Songe ! Rencontré des Humains magnifiques ! Et la plus récente de mes quêtes-énigmes a trouvé sa solution... Fédérez vos verves-élans, je narre !

J'ai pris zone en un lieu où j'avais vu que se concentrent de très nombreux Humains relativement épargnés par la maladie régnante, et que l'on nomme ici « Hôpital pour Enfants ». L'aléa m'a distribué aux côtés d'un être que les Fous appellent un « Nourrisson ». Voilà un Humain qui vous réconcilierait avec toute l'humanité ! Quelle splendeur ! Dans la petite pièce où on l'avait laissé seul, en dépit de la nuit noire, il n'était pas endormi. En état de total frémissement-vigilance, son agrégat subtil se régalait d'une danse de reflets-lueurs au plafond de sa chambre. Ébahissement ! Malgré l'indigence des possibilités sensorielles humaines, cet être connaissait une ivresse contemplative comparable à celle d'un Subtil visitant un Rêve-Univers. Ensorcelé-jubilant, le centre-cœur en dilata-

tion-gratitude, il recueillait en abondance la quintessence des Sources-Liesse. Chaviré-saisi par cette mira-
culeuse présence d'intensité vivante, je l'observai longuement sans prendre la peine de m'ajuster aux
capacités sensorielles de son singe. Quelle surprise,
lorsqu'un trajet de ses circuits d'attention me révéla
qu'il avait néanmoins pris conscience de moi ! En
dépit de son attachement à une forme-animale, son
centre-vision n'était pas opacifié : le regard ouvert dans
les huit directions, il percevait la substance éthérique
dans toutes les tonalités de son foisonnement-lumière.
Il me percevait.

(*Le centre-vision est un des sept centres dont se
compose un agrégat subtil. Chez nous, il se situe à la
base du front, au-dessus de l'espace entre les sourcils.
Il permet de percevoir la dimension subtile. À de rares
exceptions près, nous ne sommes plus capables de
l'activer normalement.*)

Le Nourrisson émit à mon intention une forme-
pensée d'affabilité-contact :

☐ Bienvenue ! Qui es-tu ?

☐ Paix à tes souffles ! Je suis un visiteur. Je viens de
très loin.

☐ Tu n'es pas sombre comme une âme en peine, ni
flamboyant comme un Être de lumière. Je n'en ai
jamais vu des comme toi.

☐ Toi, tu n'es pas plongé dans les ténèbres, comme
tes semblables...

☐ Je ne suis pas encore totalement attaché à ce corps. D'ailleurs, je ne sais pas si je vais y demeurer...

☐ Pourquoi ?

☐ Je suis malade.

☐ Toi ! Je n'ai pas encore vu un Humain en aussi bonne santé !

☐ Mon corps est malade. Heureusement, je peux le quitter.

☐ Tu peux quitter ton corps ?

☐ Il faut que je m'endorme. Regarde.

Ses yeux se fermèrent. Instantanément, son agrégat subtil se mit à flotter au-dessus de son singe, auquel il demeurait relié par un mince fil argenté parcouru de pulsations lumineuses. Celui-ci semblait extensible à l'infini, et l'être se mit à s'élever très rapidement. Étrangement, il n'avait pas l'apparence de sa forme corporelle, mais celle d'un Humain adulte, quoique infiniment jeune.

☐ Tu viens avec moi ?

Je le suivis.

Autour de nous, de nombreux agrégats humains accompagnaient notre ascension, chacun relié à la Terre qui s'éloignait par un même cordon de lumière.

☐ Qui sont-ils ?

☐ Des rêveurs, comme moi. Leur corps est endormi.

☐ Où vont-ils ?

☐ Dans le monde intermédiaire.

Proche de nous, l'un d'eux se dilata brusquement d'allégresse : un autre agrégat humain, d'allure féminine, descendait dans sa direction. Beaucoup plus vaste et lumineux, celui-ci était dépourvu de lien avec la Terre. Ils fusionnèrent, rayonnant de la même ivresse.

□ C'est un homme qui a perdu sa femme. Il est venu la rencontrer.

□ Perdu ?

□ Elle est morte le mois dernier.

Les deux êtres défirent délicatement leur union. La femme produisit alors un rêve-simulacre représentant ce que les Humains appellent un « jardin », mais dont l'éclat-magnificence dépassait de très loin les capacités perceptives d'une forme-animale. Enlaçant leurs fluides périphériques, ils entreprirent de s'y promener.

Plus loin, deux rêveurs dialoguaient avec vivacité. Nous nous approchâmes.

□ Ce sont deux frères, souffla mon guide. Ils sont venus dans le monde du rêve explorer des possibilités de réconciliation. Sur Terre, un violent conflit les oppose.

□ Mais ils baignent dans l'effusion-douceur et la saveur-tendresse !

□ Pour un temps libérés de leurs attaches d'en bas, leur vraie nature se révèle. Ils recommenceront à se déchirer sitôt réveillés.

□ Après tant de ferveur-élan l'un vers l'autre ?

□ Ils seront passés par le Rideau d'Oubli.

□ Qu'est-ce que cela signifie ?

□ Aucun Humain, à part les tout-petits comme moi, n'a le droit de se rappeler ce qu'il vit dans son sommeil. Avant son retour dans la forme charnelle, ses mémoires sont filtrées, nettoyées ; il ne garde que des bribes de souvenirs, qu'il reconstruit avec des éléments de sa vie diurne, de manière à ne garder que l'essentiel de l'enseignement reçu. C'est pour cela que nous, les Humains, sommes si troublés par nos rêves, et désirons tant nous les remémorer et découvrir leur sens.

□ Mais à quoi cela sert-il d'être enseigné en rêve, si on en perd le souvenir ?

□ Ce n'est pas se souvenir du don qui est important ; c'est l'incarner.

□ L'incarner ?

Il me sonda, soudain perplexe :

□ Tu n'as jamais connu l'expérience de la chair, n'est-ce pas ?

Stupeur : à cette évocation, son agrégat subtil était entré dans un long et langoureux frémissement-dévotion ! Ahuri-largué, je ne comprenais plus rien.

□ Tu veux parler de votre prison ?

Il me considéra, profondément apitoyé.

□ Mon Éveilleur m'attend. Je dois te laisser, petit être.

Il se mit à s'élever.

□ Attends ! Je ne connais pas cet endroit.

☐ Je serai bientôt de retour. Et si tu ne me retrouves pas, suis les fils d'argent !

Il disparut.

Je demeurai un très long temps sans le moindre mouvement, hébété-confondu, sillonné-ballotté de mille quêtes-énigmes. Ce qu'il appelait « l'expérience de la chair » m'avait semblé susciter en mon compagnon un tremblement d'aspiration-désir... Et n'avait-il pas parlé de son Éveilleur ? Se pourrait-il que quelques-uns de ces êtres, dont nous contemplons parfois la splendeur dans des sphères que nous n'atteignons pas, soient missionnés-diligentés auprès de certains Humains ? Mais pour quelles fins ?

C'est alors qu'un frisson-rire fit onduler l'atmosphère, et m'extirpa de ma stupeur. Il émanait d'un agrégat subtil humain, de forme féminine, qui s'était approché en catimini.

☐ Comme il est austère, celui-là !

☐ Je ne sais soudain plus rien de rien...

☐ Sois heureux !

☐ Je viens de voir un Humain qui n'est pas comme les autres.

☐ Aucun Humain n'est comme les autres, quand on le voit vraiment.

☐ Les Humains sont des Fous.

☐ Si seulement tu disais vrai !

Saisi, j'émergeai de mes grommellements-ruminations, et pris un temps pour contempler ma nouvelle rencontre. Tout son être pétillait des mille couleurs-lumière de l'espièglerie-malice. Elle me sondait avec bienveillance.

□ Toi, tu viens de loin !

□ Tu rêves ?

□ Oui. Je dois bientôt me réveiller.

Elle était belle à sombrer dans l'Oubli. Ses parties suaves ondoyaient en étoile et son centre-cœur, pulsant au rythme du Grand Oui, ouvrait le surgissement des choses à la Mère de tous les Possibles.

(X s'est efforcé de traduire ici un état profond de l'âme qui, eu égard à la faiblesse de notre compréhension de ce qui excède le strict plan matériel, dépasse largement nos habitudes conceptuelles ; insatisfait de sa formulation, il ne trouva pourtant pas le moyen de rendre sa pensée plus accessible dans notre langage sans la trahir tout à fait.)

Royale, elle irradiait dans les huit directions. Enivré-médusé, je ne pouvais plus me décoller de sa splendeur. Son regard-lumière caressa délicatement mes contours.

□ Comme tu te réjouis de moi !

D'aise, elle se mit à flamboyer davantage encore, ce qui accrut d'autant mon propre délice à la contempler. Entichés-jubilant, nous nous laissâmes avaler dans un tourbillon de ferveur-ivresse, nos joies s'accroissant l'une de l'autre jusqu'à n'être qu'un seul élan-régal. Dilaté à l'extrême, je sentis mes parties suaves s'offrir

73

en corolle au frémissement-douceur de son désir.
Nos fluides périphériques se mêlaient intimement, nos
agrégats subtils allaient fusionner tout à fait, lorsqu'elle
se retira soudain :

□ Mon corps m'appelle. Je dois me réveiller.

Je tentai de la retenir. Une force irrésistible l'arracha,
l'aspirant vers les basses densités.

□ Adieu !

□ Comment te retrouver ?

□ Je suis une artiste ! Je...

Ses vibrations ne me parvenaient plus : elle s'était
déjà dissipée dans les ténèbres d'en bas. Hanté-désem-
paré par la saveur de ma disparue, comme amputé
d'un fondement de moi-même que je n'aurais décou-
vert qu'en le perdant, je me laissai longtemps errer-
dériver dans les courants mornes-amers de la mélancolie.

□ Aurais-tu subi les assauts d'un Ricaneur, pour être
ainsi saccagé-déconfit ?

C'était mon guide qui redescendait.

□ C'est comme si je la connaissais depuis toujours...

□ Ma parole ! C'est le bourdon-béguin qui te sub-
merge !

□ Comment la retrouver ?

Il n'eut pas le temps de me répondre. Avalé soudainement par les forces d'en bas, à son tour il chuta
vers les plans denses.

□ Mon corps a faim ! Je dois le réintégrer !

Soucieux de regagner le palier terrestre, je m'arrimai à lui. De concert, nous nous mîmes à dévaler à vertigineuse allure. Paniqué-tétanisé, tout à l'urgence d'obtempérer à la sommation de sa forme-animale, il ne m'accordait plus la moindre attention. Stupeur : lui naguère enivré-pâmé d'espace nourricier, le voilà saisi par le pur-effroi, environné d'un songe de ténèbres-douleur dont il n'a même plus conscience d'être la source, et dans lequel je me laisse happer avec lui ! La gueule béante d'un tunnel d'opacité nous gobe-ingère et nous engloutit. Des chairs de singes humains, blanches et décomposées, émergent du noir environnant, avides de se saisir de nous, des monstres faméliques au regard mort nous ligotent-enlacent et nous suçotent. Rien ne ralentit notre chute. Nous traversons sur fond de nuit totale des contrées géométriques aux figures multicolores étrangement mouvantes qui semblent faites pour secréter l'effroi, sommes happés-ballottés dans un maelström de lumière noire qui nous charrie dans son cœur de néant...

Puis la chimère se dissipa. J'étais dans la petite chambre d'hôpital. Sur sa couche, le Nourrisson n'était qu'un hurlement d'agonie-douleur. Rivé-confondu à son singe, rien n'existait plus pour cet être qu'une pure-Terreur sans nom ni contours, et le long cri-appel de désespoir par lequel il s'efforçait en vain d'y échapper. Ébahi-consterné, envahi d'une infinie pitié, je dus me rendre à l'évidence : l'état carencé de

75

sa forme-animale signifiait rien de moins pour cette merveilleuse Conscience que la menace insensée de l'extinction-dissolution !

Au bout d'un très long temps un Humain femme, nommée « L'infirmière », fit son entrée, porteuse d'un objet contenant une substance de couleur blanche, dont elle entreprit de remplir le corps du Nourrisson en le versant par un des sept orifices de sa tête. Aussitôt, le cri cessa, non seulement parce qu'il était précédemment émis à partir de l'orifice même qui servait à présent de conduit au liquide, mais également pour la raison que ce dernier, dès qu'il avait commencé de s'écouler à l'intérieur du singe, avait eu pour étrange effet de susciter l'apaisement instantané de cette Conscience ! S'abreuvant-saturant avec passion, le Nourrisson était progressivement regagné par l'état jubilatoire.

Je me retirai doucement.

J'avais ma réponse.

Rapport 15

Pourquoi les meilleurs d'entre les Humains consentent-ils à cette hiérarchie inversée, les plaçant sous l'empire de ces Consciences dégénérées qu'on nomme ici « adultes » ? Arrimez-vous aux joints, l'argument secoue les circuits !

Aussi saugrenu-lancinant cela soit-il, nous devons tout d'abord admettre qu'à l'instar de mon Nourrisson, tout Humain, aux commencements de son existence, se trouve confronté à un sentiment que nous, Subtils, ne connaissons évidemment pas et que nous croyions tout simplement impossible : la terreur de l'annulation. On objectera qu'une Conscience, en tant que telle, se connaît nécessairement elle-même, et que, si elle se connaît elle-même, elle fait l'expérience de sa nature infinie, et donc de l'impossibilité principielle de sa propre abolition. C'est en effet indiscutable selon notre logique ; c'est pourtant faux sur la planète des Fous. Il semble que l'attachement d'une Conscience à son singe soit si étroit que l'état de manque éprouvé par ce dernier (ils nomment celui-ci la « faim ») est ressenti par elle comme la menace de son propre anéantissement. Ainsi la Conscience humaine se vit-elle comme un objet-inerte, susceptible de *ne plus être* ! Ce qui explique qu'un bon nombre d'Humains se représente la mort, non comme une délivrance, mais comme ce passage dans la non-existence que leur Conscience ne redoute infiniment que pour la raison qu'il est absolument contraire à sa nature !

On conçoit, dès lors, le pouvoir qu'ont les pourvoyeurs de nourriture pour singe (désignés sous le terme de « parents ») auprès de ceux d'entre les Fous qui sont encore incapables de se la procurer seuls... Et c'est ainsi que les adultes, en dépit de l'étiolement-débilité de leur agencement, peuvent soumettre les Enfants à leur volonté, jusqu'à les rendre aussi parfaitement tièdes-aplatis qu'ils le sont eux-mêmes. Alors, on les considérera dignes à leur tour de prendre en charge des Enfants, auxquels ils feront subir le même sort.

Humain, bouffon cosmique, facétie tragi-comique d'un Dieu-Pitre en proie au mal de l'éternel-désœuvrement ! Mais pauvres, misérables êtres, assujettis à ce carcan grotesque, dont un seul petit écart de la vision suffirait à leur révéler l'inanité, et qui restent rivés à leur chimère-déconfiture comme à la seule réalité possible...

On a vu, néanmoins, que cette forme absurde n'est pas la seule que connaissent ces Consciences, et qu'il leur est aussi donné d'exister selon un mode plus proche du nôtre et de l'ordre juste : le rêve. Un tiers de l'existence humaine est en effet consacré à une activité qu'ils appellent « sommeil », et qui se rapproche quelque peu du Grand Oubli – si ce n'est qu'à cette occasion leur est offerte pour un temps la possibilité de quitter leur singe, et d'éprouver quelque chose de cette liberté qui est leur nature même.

Là, les Humains peuvent être magnifiques. La créature qu'il me fut donné de rencontrer dans le monde du songe dépassait en beauté toutes les icônes-apparitions que les plus affriolants-sublimes de nos rêves-simulacres ont jamais façonnées.

Il me semble donc judicieux, dans l'intérêt même de ma recherche, de retrouver cette Humaine qui contredit tellement l'idée des Fous que nous avons forgée, et de mener à son sujet une enquête approfondie.

Rapport 16

Ayant besoin d'être guidé, je rejoignis mon Nourrisson dans sa chambre d'hôpital. Il exultait.

☐ Mon corps va guérir !

☐ Qu'est-ce que cela signifie ?

☐ Le médecin l'a dit. Je vais vivre.

☐ Tu veux dire que tu vas demeurer attaché à ce corps ?

☐ Oui !

☐ En quoi est-ce une bonne nouvelle ?

☐ Peut-être es-tu venu chez nous pour le comprendre...

☐ Ça ne m'avance guère...

☐ Que veux-tu de moi ?

☐ Peux-tu me guider dans le monde du rêve ?

☐ Ah ! Tu veux la retrouver !

Je tentai de dissimuler le trouble qui empourprait mes contours.

☐ M'aideras-tu ?

☐ Tu tombes bien. Il est l'heure de ma sieste.

80

Il s'endormit. Son agrégat subtil s'élevait déjà, je le suivis.

☐ Il nous faut un indice. Que sais-tu d'elle ?

☐ Elle m'a dit qu'elle était une « artiste ».

☐ Je connais un lieu où l'on rencontre des artistes...

À travers de multiples paliers, il me conduisit jusqu'en un vaste tunnel aux parois sombres, étrangement mouvantes, lesquelles étaient tapissées d'objets plats, lisses et brillants, dont la fonction semblait de refléter les apparences.

☐ Ce sont des miroirs.

☐ À quoi servent-ils ?

☐ Regarde.

Sans nous prêter la moindre attention, des agrégats subtils de forme humaine circulaient le long des parois, examinant les miroirs, ou plutôt le reflet de leur propre aspect que leur présentait chacun d'eux.

☐ Que font-ils ?

☐ Ils se contemplent.

☐ Tu veux dire qu'ils examinent la forme sous laquelle les autres les perçoivent !

☐ Pour un Humain adulte, c'est la même chose.

☐ La même chose ! Mais c'est épouvantable !

J'examinai ces êtres. Tous semblaient enivrés-fervents de leur propre reflet, dont ils ne détournaient leur attention que pour se surveiller subrepticement les uns les autres, affichant un même bizarre petit sourire que les Fous nomment « entendu », et qui a pour but de signifier qu'aucun surgissement de nouveauté n'est susceptible de les surprendre.

☐ Où sommes-nous ?

☐ Dans la galerie des Rêves-miroirs, section des artistes. C'est l'heure des écrivains. Ils font la sieste juste après avoir été invités à déjeuner.

Près de nous, l'un d'eux, la mine assouvie-cajolée, se penchait doucement vers sa propre image, jusqu'à l'effleurer-câliner. Soudain, il disparut, avalé par le miroir.

Interloqué-saisi, je me tournai vers mon guide.

☐ Il est entré dans son rêve.

☐ Qu'est-ce que cela veut dire ?

☐ Suivons-le, et tu verras !

Le miroir était fait d'une matière fluide que nous traversâmes sans peine. Nous nous trouvâmes dans une vaste salle, peuplée de nombreuses allures-humaines pour la plupart féminines, et dont il ne me fallut pas longtemps pour reconnaître qu'elles n'étaient que des émanations-simulacres du rêveur. Celui-ci, installé en un lieu élevé, discourait, étourdi-grisé de l'effusion-dévotion avec laquelle était recueillie la moindre de ses paroles. L'artiste, enseignait-il, est un être libre, un homme de désir qui renverse les idoles et abat les illusions. C'est pourquoi il est en butte à un rejet universel auquel, héroïque, il consent.

☐ C'est Armand Labil. Le plus connu de nos écrivains.

Ayant fini, celui-ci se laissa longuement acclamer-encenser, le sourire entendu ne quittant pas ses lèvres. Plusieurs chimères humaines, de type jeune fille, convergèrent vers lui, avides de le bichonner-palper. C'est alors que l'atmosphère changea. Un brouillard terne-opaque enveloppa le lieu, escamotant soudain le parterre des jeunes filles. Tandis qu'un tourbillon glacial balayait tout l'espace, une masse molle, indécise et gris jaunâtre, d'une taille à peu près deux fois égale à celle de son agrégat subtil, se précipita sur lui pour l'ingérer-gober.

□ Qu'est-ce que c'est ? demandai-je effrayé.

□ C'est un foie gras.

□ Un quoi ?

□ Il digère mal son déjeuner. Cela influe sur son rêve.

En effet, l'agrégat subtil d'Armand Labil, entraîné par la chose, dégringolait-dérivait à présent en direction des plans d'opacité. J'entrepris de le suivre, mais le Nourrisson me retint.

□ Ne va pas là. C'est le monde du cauchemar.

□ Et alors ?

□ C'est très dangereux.

Mû par la peur-désir, je me dégageai, et plongeai en état de noblesse vers les ténèbres d'en bas. Englobé-séquestré par l'énorme foie gras, l'écrivain tombait toujours plus bas dans des ténèbres de plus en plus denses. Subissant à sa suite une oppression qui commençait à menacer mon agencement, une bouffée d'abattement-repentir m'envahit de n'avoir pas écouté mon guide. Mais la chute prit soudainement fin. Le foie gras avait disparu. Nous étions dans un espace clos figurant l'intérieur de ce que les Fous nomment un « cachot », au centre duquel se trouvait un être épouvantablement repoussant, sanguinolent, couvert de chaînes, et qui s'était saisi d'Armand Labil d'une main tremblante mais lui interdisant pourtant toute ambition de retrait.

☐ Regarde ce que tu as fait de moi !

☐ Qui... Qui êtes-vous ? gémit l'écrivain.

☐ Je suis toi !

En dépit de la souffrance qui tordait ses traits émaciés-terreux, il me fut évident que le visage du monstre était bien celui de Labil, mais d'allure beaucoup plus jeune.

☐ Je suis le oui qui t'a mis au monde, poursuivait-il, je suis...

Il s'interrompit dans un hurlement d'extrémité-douleur. Je pris alors conscience d'un grouillement, tout autour de lui, d'ombres informes qui, dans un gargouillis glutineux-baveux, se pressaient pour le déguster-ronger. La petite cellule s'emplissait toujours davantage de ces présences avides et répugnantes. Labil, que son double avait lâché, parvint à prendre un peu de hauteur et déguerpir du lieu, sans éveiller chez les funestes entités la moindre velléité de le retenir. Je voulus le suivre, mais nombre d'entre elles grignotaient-pompaient déjà mes fluides de vie, et la langueur qui me gagnait m'interdisait tout mouvement. Je me voyais perdu, quand une force me tira brusquement en arrière et me dégagea de l'implacable et terrible enlacement.

☐ Je t'avais dit que c'était dangereux !

Le Nourrisson était accompagné d'un Veilleur de Lumière dont la vue fit aussitôt reculer mes agresseurs. Flanqué de son gardien, qui brandissait un glaive de feu, il m'entraîna à fulgurante allure vers des paliers plus favorables où nous nous reposâmes.

☐ Le monde du cauchemar grouille de prédateurs. Ils se nourrissent du désir, celui qu'on rejette dans les ténèbres. Quiconque a comme toi la folie de s'y aventurer mû par un élan de vie risque la dévoration !

☐ Qui sont ces affreux ?

☐ Des âmes-fantômes, qui ont tué leur propre désir. Mais certains disent qu'ils ne sont pas tous humains...

Le Veilleur avait disparu. Labil, remontant doucement, passa près de nous sans nous voir.

☐ Et lui ? demandai-je. Les prédateurs ne l'ont même pas touché.

☐ Ils se nourrissent du véritable Armand Labil. Son clone est vide de tout élan-vrai, il ne les intéresse pas.

☐ C'est pourtant lui qui vit sa vie !

☐ Hélas...

Nous le suivîmes à quelque distance. L'agrégat subtil de l'écrivain, dans son ascension, se rapprochait d'un plan constitué d'immenses voiles rayonnant d'une lumière verte et pâle.

□ Le Rideau d'Oubli.

Lorsqu'il toucha le premier voile, son agrégat subtil commença d'être nettoyé-rincé des images qu'il gardait de son rêve. Mais une force en lui se mit à lutter, dérobant à l'Oubli des bribes de souvenir, les sauvegardant-agençant sous la forme d'un récit-simulacre qui, n'ayant que peu de rapports avec le songe original, en gardait néanmoins des fragments essentiels.

Nous fûmes alors dans une vaste chambre à coucher tendue de rouge, où Labil, ayant réintégré son corps, se réveillait lentement aux côtés d'une jeune femme nue.

□ Quel étrange cauchemar...

Sa compagne s'empara aussitôt du nécessaire pour consigner les paroles de l'écrivain.

□ Un monstre me poursuivait... Un dragon pourpre et fumant, gueule béante comme pour m'avaler. Ensuite, je voulus rentrer chez moi. Un homme occupait déjà les lieux. Mon sosie parfait. Il était moi à ma place : un usurpateur avait pris ma vie ! Je n'avais plus rien, je n'étais plus rien, je me retrouvais à errer dans les rues de la ville. Personne ne faisait attention à moi. Horrible...

La jeune femme entreprit d'apaiser-dorloter Labil qui se laissa faire, le sourire entendu renaissant sur ses lèvres.

Chiffonné-dépité, je me tournai vers mon guide.

☐ Je ne la retrouverai jamais.

☐ Quel est cet accablement ?

☐ Celle que je cherche ne peut être une artiste. Elle ne rêve pas si bas.

☐ Tous les artistes ne sont pas comme lui !

☐ Qu'est-ce qu'un artiste ?

☐ C'est l'heure de mon biberon.

☐ Pardon ?

☐ Je dois réintégrer mon corps. Tu me suis ?

☐ Je te retrouve plus tard. Je veux percer cette énigme !

Rapport 17 : L'artiste

J'ai laissé mon pote-autochtone regagner sa geôle de chair, et me suis aussitôt employé à sonder méticuleusement les mémoires éthériques terriennes au moyen de mes douze appendices cognitifs, à la recherche de la moelle-essence de ce que les Fous nomment « artiste ». Ce ne fut pas sans mal, tant elle est profondément enfouie-celée dans les tréfonds de l'âme humaine. Mais je l'ai découverte, et avec elle un des secrets de cette planète !

Frères Subtils, ouvrez grand vos esgourdes-mirettes : les Fous désirent nous ressembler ! Se perdre dans l'ivresse de l'incessant renouvellement des formes, n'être qu'espace disponible-agissant pour les métamorphoses du Pouvoir Créateur infini... Les Fous, comme nous, sont en ferveur-élan du Tout-Nouveau. Mais ils sont aussi tellement perdus dans leur amère démence qu'ils laissent mourir l'Enfant-désir sous les strates accablées-dolentes de la pression communo-culturelle. Les moins déchus-morts-nases d'entre les Humains se gardent ouverts tant bien que mal au Feu-Mystère, et ravissent de maigres espaces d'aléa-fécondité à l'éternelle ritournelle de la conformité. Parmi eux, les artistes ont fait vœu de consacrer leur vie à la célébration de l'inespéré. De tous les Humains, ils sont les plus proches de nous.

Hélas, l'existence en communo-culture, que nous croyions réservée aux êtres-mus, a pour effet de susciter, quand elle affecte des Consciences, un besoin qui semble universellement partagé par les Fous : celui de la « reconnaissance ». Non seulement ils se soucient d'être regardés, mais veulent encore, c'est ce qu'ils appellent être reconnus, qu'on se souvienne d'eux ! Pour cela, il leur est naturellement nécessaire de se garder identiques à eux-mêmes. C'est ce qu'ils nomment leur « identité » et cette infirmité, qui les prive irrémédiablement du délice des métamorphoses, il n'est rien dont ils ne soient plus fiers.

La racine de ce besoin de reconnaissance se trouve évidemment dans cette terreur chimérique-aberrante de l'annulation dont nous avons parlé précédemment. Les Fous, étant passés par le Rideau d'Oubli, n'ont plus pour se souvenir d'eux-mêmes que le regard que leurs semblables gardent posé sur eux. Être « reconnus » les solidifie-confirme donc illusoirement dans l'existence mais (débâcle noire-épaisse !) transfère aussi leur sentiment d'exister dans le corps-objet sous l'apparence duquel ils sont vus. Ainsi ces Consciences se perdent-elles encore davantage ; ainsi tout Humain souffre-t-il de la manière dont on le regarde, parce qu'il se prend pour l'objet que les autres voient.

Quoi qu'il en soit, il est clair que la volonté d'être reconnu ne peut s'accorder avec la ferveur-élan de celui qu'ils nomment artiste. Comment se rendre joueur, oublieux-ouvert au surgissement-profusion de l'aléa, si l'on est en quête permanente de son propre reflet ? Comment être le vecteur innocent du Tout-Nouveau, si l'on s'attache à demeurer toujours le même ? Tel est donc son drame : l'artiste ne peut vivre sans reconnaissance, mais ne peut être sans y renoncer. Beaucoup n'y renoncent pas. Repus de rêves de bas-étages, ils vivent heureux dans une forteresse de reflets-mirages. Et leur vrai désir hurle dans les ténèbres.

Mais l'Humaine que je cherche est différente. Je n'ai lu en elle aucun pugilat-raideur entre la flamme des profondeurs et le vernis-minauderie de la farce-miroir. Tout fleure en elle le souffle du Grand Oui. Elle *est* son désir.

Rapport 18

□ Alors tu la trouveras sur le plan des Rêves de Lumière.

□ Où cela se situe-t-il ?

□ Très haut. Je n'y suis encore jamais allé. Mais l'aventure me chante !

C'est ainsi, n'écoutant que son cœur-élan, que mon ami humain me conduisit à celle que je cherchais. Car oui, délectation plénière, je l'ai dénichée, je la serre, je ne la décramponne plus !

Cela, jugez-en, ne fut pas sans mal.

□ Il nous faut d'abord ascensionner, dit mon guide. Mais pas n'importe comment.

□ Que veux-tu dire ?

□ Le monde du songe est fait de matière-désir. Celle-ci est nourrie de tous les rêves humains. C'est aussi elle qui produit en retour les pensées, les desseins, les motifs qui nous mettent en action, mes pareils et moi. Elle est la face obscure et le ressort caché de l'âme humaine. Autant dire qu'elle est extraordinairement chaotique : le haut et le bas s'y confondent aisément. Pour monter si haut, nous avons besoin de bons repères. Il nous faut un axe. Et c'est toi qui vas nous le donner.

☐ Moi ?

☐ C'est toi qui désires ! Toi seul peux donc susciter notre orientation-lancée.

☐ Comment ?

☐ Trouve la racine de ton désir. Pourquoi veux-tu cette femme ?

☐ Elle est toute beauté.

☐ C'est maigre !

☐ Et je veux sentir cette beauté m'habiter-remplir.

☐ Oui, oui. Mais encore ?

☐ Ce n'est pas assez ?

☐ Si nous nous lançons sur cette base-là, nous allons rapidement décliner-dériver du côté des Goinfres-Aguicheurs...

☐ Qui sont-ils ?

☐ Des maîtres du simulacre. Il n'est aucune beauté du monde créé qu'ils ne sachent contrefaire. Gare à qui les approche !

☐ Que dire de plus ?

☐ La racine, petit être. La ra-cine !

☐ Mais je ne sais pas ! Dès la toute première vision, j'ai senti... que le sens et la jubilation de la vie dépendaient pour moi de sa présence et de son existence.

Mais j'ignore totalement pourquoi ! Et je ne peux t'en dire plus.

À peine avais-je émis cela qu'était apparue devant nous une immense échelle de lumière, si haute qu'elle se perdait dans le firmament.

□ C'est copieusement suffisant, rit le Nourrisson. « Je ne sais pas » est la racine, l'essence et le seul objet du désir. Grimpe !

Obéissant à son invite, je le précédai. Échelon par échelon, nous commençâmes notre ascension.

La matière fluide environnante était en perpétuelle mobilité, sous l'action des très nombreux dormeurs qui peuplaient le lieu. Ici, un vieillard ivre-hagard était arrosé-douché d'une giboulée d'or fin dont il s'efforçait de truffer-saturer ses vêtements. Là, un homme aux bras tendus jouissait, ovationné par une foule-animale parcourue d'une houle de frénésie-liesse. Ailleurs, une femme échafaudait-forgeait dans la glaise subtile de la matière-désir des mâles-amants auxquels elle s'unissait-donnait sans fin. Et partout naissaient de mille tremblements-fureurs des corps-simulacres immédiatement lacérés-trucidés par des rêveurs ivres de sang...

□ Où sommes-nous ?

□ Les trois plans primordiaux du monde du songe sont ceux du Soulagement. Nous avons fait l'économie des deux premiers... Car ils sont liés à ce dont tu es dépourvu !

□ Quoi donc ?

□ Un corps ! Le premier palier est celui de l'anal-
gésie par assouvissement-nausée. Là sont les rêves gou-
lus-voraces où la Conscience se soulage de son incarnation par le fantasme-compulsion de la cessation
du manque. On y croise des concrétions-désir de sexe
vil-hideux, et tous les songes-hantise de boustifaille-
outrance.

Je ne voyais pas bien de quoi il était question. Mon
effort pour lire dans l'agrégat subtil de mon ensei-
gnant, s'il m'ouvrit à des évocations qui mirent mes
fluides en tourbillon-vrille d'aversion-répugnance, ne
m'éclaira pas davantage sur la signification de son
panorama-laïus.

□ Et le deuxième palier ?

□ Chaque fois qu'un Humain a mal, une forme-
pensée de répulsion émane de lui, et vient se déposer
dans la matière fluide de ce niveau. Chaque fois qu'il
éprouve l'agrément d'être soulagé, c'est une forme-
pensée d'attirance qui suit le même chemin. Ce palier
est celui des cristallisations de l'agréable et du désa-
gréable, lesquelles produisent ensuite le sens du bon
et du mauvais, les théories sur le bien et le mal ainsi
que les goûts et les jugements. Ce qui y meut les âmes,
c'est encore le rêve d'échapper au corps et à l'intensité.

□ Et ici ?

□ Troisième niveau. Le plan du Souhait. Y sont
explorées toutes les manières d'échapper à sa situation

présente. Les rêves-miroirs en font partie. C'est là que s'engendrent les leurres-chimères de l'avenir et du passé. La nostalgie, les idéaux, la volonté... Et tous les fantasmes ! Ici, c'est le refus de ne pas être tout : être incarné, devoir mourir, être confronté à...
Je ne l'écoutais plus. Autour de nous, l'étendue s'était mise à chatoyer des dix mille feux-couleurs, et c'était un Rêve-Univers aux contours de ma planète, qui se modelait selon des regards-élans que je reconnus comme ceux des plus chéris de mes compères-intimes laissés au Pays !

(Les Subtils, se métamorphosant sans cesse, ne connaissent pas de stabilité quant à leur apparence. La permanence fondamentale de leur être, nécessaire pour que s'établisse la gamme extraordinairement fine de connexions et de sentiments qui constitue leur vie relationnelle, tient à ce qu'ils appellent leur « regard-élan ». C'est en celui-ci qu'ils placent leur singularité, qu'ils n'envisagent pas comme une « identité » mais comme une Source créatrice en perpétuel renouvellement. Les Subtils considèrent la Conscience de chacun d'entre eux comme le mouvement créateur d'un univers unique, et leur plus grand délice est de partager avec ceux qu'ils affectionnent le monde issu de leur regard-élan, comme de faire l'expérience de celui né du regard-élan d'un autre.)

Mes amis, mes aimés, comme vous m'avez manqué ! Avide-ardent de me réunir aux plus chers-goûtés de mes frères Subtils, je ralentis mon ascension. Mais je sentis une forte commotion-soufflet endolorir la partie médiane-arrière de mon agencement.

□ Ne t'arrête pas, grinça mon compagnon, ou notre échelle va se désaxer ! Nostalgie, nostalgie... Ces surgissements-visions sont *tes* émanations !

□ Pardon, répondis-je confus-penaud. Durant quelques laps, je l'avais oublié.

Un gros bourdon-langueur d'être si loin des miens me traversa lentement, mais je montai de plus belle.

□ Le plan du Souhait nous confronte à nos limites. Tu voudrais à la fois être ici et chez toi.

□ Juste. Je me suis laissé berner-filouter. Celle que je cherche est-elle dans les parages ?

□ Oh, non ! Les Rêves de Lumière sont bien plus haut ! Il nous faut d'abord quitter le monde du Soulagement, pour accéder à celui du Désir-vrai. Et voici le sas.

Je me précipitai, quand mon compagnon ralentit mon élan.

□ Fais attention... C'est un lieu de traquenard.

Mais tout à mon désir, je me déliai de lui.

Rapport 19

Nous prîmes aplomb sur une ample esplanade dispensant une clarté délicate et sillonnée d'agréables senteurs-caresses.

□ Traquenard ? Ce parage est plutôt douillet...

Tout l'espace reposait dans une immobilité paisible et douce qui, invitant au total abandon, ne tarda pas à infiltrer-noyauter mes danses de vie. Une sourde torpeur me gagnait. Esquisser un mouvement se faisait malaisé, vain, dérisoire, oiseux. Le balancement des choses devenait paresseux, lent, savoureux comme un moment d'oubli. Dans cette nouvelle cadence de tout, je vis se dessiner une forme d'abord floue, dont l'avancée nonchalante et voluptueuse mit mon centre-cœur en tressaillement-vigilance.

Elle ? Se pourrait-il que...

En dépit de l'apathie-vapeur embrumant mes sensations, il ne me fut bientôt plus possible de douter. Cette saveur, la saveur d'elle, qui n'avait jamais cessé de me hanter depuis son terrible et douloureux retrait, elle est là, qui m'enrobe et se donne à moi ! Son souffle s'offre-épanche en mille formes-aimantes ondoyant lascives autour de moi, effleurant-dorlotant mes parties suaves avec un art-talent que leur envierait la plus coquine-experte de nos Nounous-Lutineuses ! Ma bien-aimée ! Elle est douceur, elle est caresse et se déploie sans fin dans le rythme immensément lent de ma félicité...

Un bref instant, il me semble percevoir la vibration « danger » mais c'est très vague et tout est trop exquis. Abandonné-gavé tel un Pacha Céleste, je me laisse doucement dériver dans un plan de glissement-délice qui me chavire-abîme en un lent ressac ouaté. Le visage du Nourrisson se dessine, à peine esquissé le voilà qui se fond dans un velouté flou. « Tu vas la perdre définitivement », me semble-t-il entendre, mais c'est dans un tel brouillard d'onctuosité-gâterie que c'est comme si je l'avais inventé. Une légère secousse ébranle mes sensations, troublant un instant leur indolente harmonie :

□ Ce n'est pas elle ! Tu es le jouet d'un Camelot-Tentateur !

Je m'en berce-branle, oh, comme je m'en ballotte ! Demeurer, demeurer, ne plus jamais bouger de cette tiède étreinte... Fini les quêtes-énigmes et les péripéties-périls, fini la peur-désir qui fait mal, oh, si mal ! Faire retour dans l'infini Chaos-Dormeur des origines, se perdre-dissiper dans la plénitude inentamée du Mystère des Mystères avant la création des dix mille univers...

☐ Je t'en prie, ne succombe pas... Je te désire...

Ces vibrations me tirent un peu de mon engourdissement. J'ai cru sentir un bref éclair de sa présence à elle, différente, si différente de cet enlacement qui m'enserre et me fige-ankylose... Je tente de m'ébrouer-rebiffer mais l'étau se resserre davantage. Alors un sursaut soudain galvanise mes danses de vie. C'est elle, elle que je veux !

☐ Non... Reste avec moi... Tout est bien...

Proche à mêler ses souffles aux miens, la forme qui m'englobe agite autour de moi ses huit membres-appendices mais je le vois maintenant : derrière le vernis-voile enjôleur, c'est un faciès goulu-vorace et grimaçant qui me révèle sa vraie nature. Le Camelot-Tentateur ! Dégrisé-nauséeux, je le refoule avec vigueur.

☐ Arrière de moi !!!

Effrayé, il s'aplatit-carapate et disparaît. La chimère est dissipée.

☐ Bravo, souffle le Nourrisson, tu as passé l'épreuve. Quelle frousse-alarme !

☐ Qui est ce sombre bouffon ?

☐ Le Camelot-Tentateur vend de la non-vie. Il ferre le vrai désir avec un appât-simulacre, une putain-réclame de frisson-fumée qui le change en ivresse-hébétude. Aujourd'hui, c'est lui le Prince du monde humain. Il garde aussi le seuil qui mène du Soulagement au Désir.

Je m'aperçois qu'une porte immense a pris forme devant nous.

☐ La Porte du Oui.

☐ Comment la franchir ?

☐ Tu as dit non à la non-vie. Il te faut maintenant dire oui à l'intensité.

☐ Oui !

Aussitôt, la porte s'ouvre, et nous la franchissons.

☐ C'était donc si simple ?

☐ Le Oui est simple. Mais il crée. Jamais tu ne pourras revenir en arrière.

☐ Que veux-tu dire ?

☐ La vie te tient ! Sens-tu sa joie ?

Je la sens ! Un tressaillement d'exultation vierge-barbare sillonne le cours des choses et nous traverse. Je suis comme lessivé-rincé par une ondée de lumière-ardeur. Une vague de sauvagerie-farandole s'empare de moi, j'entraîne mon compagnon dans la folie-sarabande de ma jubilation. Oui, mille fois oui ! Que l'aléa me distribue où je ne sais pas ! Que la Fécondité me sème dans la terre de son choix ! Et qu'elle me soit donnée, celle dont la voix-désir m'a ravi aux serres obscènes du voleur de vie !

☐ Est-elle ici ?

☐ Non. Nous ne sommes pas encore dans la contrée des Rêves de Lumière.

☐ Où sommes-nous ?

☐ Dans celle de l'Intensité.

Contrastant avec l'épais peuplement des terres du Soulagement, le vaste espace où nous nous trouvions était presque désert, et je fus frappé par son obscurité.

☐ Je croyais que nous montions vers la lumière ?

☐ Regarde-nous !

Mon compagnon, dans les ténèbres environnantes, irradiait d'une clarté séraphique, et je lus dans son agrégat qu'il me percevait tout aussi lumineux.

☐ C'est nous qui devenons lumière.

L'opacité qui régnait ici, loin d'être dense-accablante comme celle des paliers d'abjection, était pure, vivifiante et spacieuse. Tout en elle incitait à l'acte, et des agrégats subtils éclatants la sillonnaient de loin en loin, apparaissant-disparaissant dans une étincelante éclaboussure. Un funambule au sourire enivré glisse au-dessus d'un abîme sans fond sur un fil invisible, un guerrier nu défie la mort en esquivant-dansant les coups. Près de nous deux amoureux, bien qu'ivres-ardents de se mêler-unir, maintiennent entre eux une distance, et l'espace qui les sépare devient un feu vivant qui les embrase ensemble sans les consumer. Un homme vient vers nous : vêtu d'une ample et sombre toge, il s'en dépouille soudainement et se met à courir hilare et nu, tandis que sa tête se métamorphose en une vaste cruche ouverte où se déverse une eau céleste. Puis il fond en larmes et

101

s'effondre devant nous, sans que disparaisse l'immense sourire qui l'illumine.

☐ Qui es-tu ? lui demande le Nourrisson.

☐ Scientifique, universitaire... Mais découvreur, émerveillé du monde ! Je viens à l'instant de recevoir une magnifique inspiration, qui va me coûter cher...

☐ Quoi ?

☐ Ma carrière ! Cette quête-élan, dont la vie vient de me faire la grâce et à laquelle je m'en vais consacrer mes jours, réduit en cendres ce que mes pairs s'imaginent savoir. Ils ne l'accepteront pas.

☐ Y renoncer ?

☐ Hélas ! Je ne peux déjà plus choisir le côté mort.

Riant et pleurant à la fois, il s'éloigne de nous.

☐ Je ne comprends pas sa tristesse...

☐ Il a trop d'intensité pour le monde humain. Il sera broyé, et il le sait.

Le Nourrisson forme à mon intention un panorama-simulacre des épreuves qui attendent notre Découvreur. Le peu que j'en saisis, c'est déjà trop ! Feu du Ciel ! Comment ce monde est-il possible ? Par quelle aberration-difformité la Verve Créatrice issue du Mystère sans Fond ni Fin ni Forme a-t-elle pu concevoir parmi les univers un lieu si éloigné de l'ordre juste et si contraire à la loi du Désir ? Un monde-grimace effrayant et grotesque où des Consciences célèbrent un culte perpétuel à la non-vie et se perdent elles-mêmes dans les tiédeurs de l'inertie-marasme et du non-jeu ? Et dans quel but la Source de toute Fortune a-t-elle suscité l'inepte élan qui m'a jeté dans ces sombres parages ?

□ Ça ne va pas ? s'enquiert le Nourrisson.

□ Chez nous, Subtils, existe un mouvement d'existence qui s'est nommé la confrérie des Noirs-badins, et qui prétend que toute la vie n'est que l'œuvre d'un Démiurge-Amuseur sans dessein ni propos, que tout est vain, futile et toute ardeur insignifiante. Je ne les estimais pas. Le sens du dérisoire a dégénéré chez eux en un regard sarcastique et dénué d'élan vrai. Ils ont le jeu sans l'innocence. Ils n'aiment ni la vie, ni leurs frères, ni eux-mêmes. Depuis que je connais la planète des Fous, je me demande si les Noirs-badins n'ont pas raison.

□ Allons !

□ Es-tu déjà trop humain pour ne pas te formaliser d'un monde où celui qui parvient, à force d'épreuves et d'abandons, jusqu'aux contrées de l'Intensité, y reçoit des grâces qui ne causeront que sa perte !

□ Es-tu encore trop tiède pour ne pas voir ce qu'il y gagne ?

□ Et qu'est-ce qu'il y gagne ? Tu m'as fait voir qu'il allait tout perdre !

□ Le sens de sa vie.

□ Le sens ? Quel peut bien être celui de votre absurde existence ? Et d'une vie cosmique qui suscite des formes aussi veules-aviliés ? Et par les Grandes

Mamelles du Vide-Matrice, qu'est-ce que je fabrique ici !

□ Cette question est-elle une vraie quête ?

L'affabilité-douceur de mon compagnon m'apaisa quelque peu.

□ Oui ! Je veux comprendre. À quoi résonnez-rimez-vous, toi et tes semblables, s'il est une harmonie de tout ? Et moi, que suis-je venu chercher chez vous ? Et pourquoi m'obsède-t-elle, cette Humaine que je cherche sans rien connaître d'elle ? Je n'ai plus de repères, et tout ce que je croyais savoir est devenu fumée... Alors plutôt sombrer dans l'Éternel Oubli que vivre sans lumière !

Aussitôt, la sphère céleste qui nous contenait parut s'ouvrir en deux sur un horizon sans fin. De partout la voilà qui affluait, la lumière, ne laissant rien dans l'ombre et dévoilant la face obscure de tout ! Impossible de s'éclipser-camoufler ! Tout s'offrait à la vue dans un jour d'infinie bienveillance, impitoyable de clarté. Et je me vis, tel que je ne m'étais jamais vu, tel que l'on ne se voit pas. Frères Subtils, n'entendez dans ceci ni facétie-malice, ni élucubration-gloriole – je me borne à rendre témoignage : nous ne nous percevons pas tels que nous sommes. Certes, notre Conscience est moins embrumée que celle des Fous, mais la vision qui me fut donnée de la mienne me la montra, dans son état ordinaire, repliée sept fois sur elle-même, et voilée à elle-même autant de fois. Je la vis dans son infini sans fond, reliée à la totalité des Consciences disséminées dans les dix mille univers, et unie au grand Dessein-Mystère qui donne à tout la vie, le souffle et le mouvement. Je perçus le sens et l'importance de mon existence dans cet Ordre sans mesure et en perpétuelle métamorphose. Et je compris les raisons profondes de mon séjour sur la planète des Fous !

Ces fulgurances, hélas, je ne suis pas en mesure de vous les prodiguer. Je me rappelle qu'elles ont été, non quelles elles furent. Il ne m'a pas été donné de rapporter la moindre étincelle de la contrée des Rêves de Lumière. Car, plus bas, la clarté que l'on rencontre à ces niveaux se changerait en un embrasement dévastateur qui consumerait entièrement le hasardeux-téméraire qui voudrait la posséder ; c'est donc un triple Voile de Ténèbres qui protège la redescente du très-haut-rêveur de la tentation du Voleur de Feu. La seule vision-percée dont il me fut permis de sauvegarder quelque oripeau-mémoire est la dernière qui me fut accordée. Dans un fulgurant aperçu-globalité, je sais qu'il m'a été donné de voir à quoi me destinait mon expérience en ces parages, et de pénétrer l'énigme que je vous livre maintenant : si l'aléa m'a conduit sur la planète des Fous, c'est pour la raison qu'il m'est nécessaire, afin d'être fidèle à la prière-arcane de mon existence, d'y rencontrer cette Humaine dont le prime-abord avait suscité le radical chamboulement-méli-mélo de ma trame-intime !

Et voici : à peine cet horizon de sens s'était-il ouvert qu'elle était là, ma bien-aimée, surgie soudainement de nulle part, et sa splendeur donnée sans voile à la nudité offerte de mon être !

□ Tu as su t'élever jusqu'à moi, souffle-t-elle en effleurant mes orées érectiles.

□ Grâce à ton appel-aimant ! Tu m'as tiré d'un très mauvais pas...

Son rire délicat se propage comme un frisson-sillage, mon centre-cœur vibre-palpite et se dilate. Infiniment ouverts l'un à l'autre, l'ardeur qui nous rapproche est la force même qui tient unis les dix mille univers.

□ Je te veux.

Qui de nous deux l'a dit ?

Lentement, nous mêlons nos halos. Fusion !

Et nous sommes une seule joie, dont les moitiés se cherchaient depuis le commencement des mondes, un seul désir infiniment comblé de se tendre sans fin vers son inaccessible accomplissement, un seul regard-élan nourri de mille insondables et superbes dissemblances ! Et nous savons soudain ce que toujours nous savions déjà, que nous sommes ensemble et l'un à l'autre pour l'éternité.

Rapport 20

Plus tard, bien plus tard... C'est un discret signe-appel du Nourrisson qui m'extrait doucement de mon ravissement.

☐ Je dois te quitter. Il me faut m'élever encore.

☐ T'élever ? Qu'y a-t-il de plus haut que les Rêves de Lumière ?

☐ Les contrées du Désir comportent un ultime palier : celui de la Fécondité. Je dois m'y rendre. Mon Éveilleur m'y attend.

☐ Puis-je t'accompagner ?

☐ Hélas, mon ami... Seuls ceux qui ont un corps ont le droit d'y rêver.

☐ Quelle est cette nouvelle énigme ?

☐ Le palier de la Fécondité est la source de l'Acte-Vérité. Cette possibilité est exclusivement réservée aux êtres incarnés.

☐ Pour quelle raison ?

☐ L'expérience de la chair est l'initiation majeure à la confiance-abandon. Une Conscience qui ne l'a pas connue est incapable de renoncer suffisamment à sa propre puissance pour vivre l'Acte-Vérité.

□ Ce n'est pas très clair... Qu'est-ce qu'un Acte-Vérité ?

□ La rencontre de l'Esprit et de la Matière ! Une chair au sommet de son intensité vitale, habitée totalement par le Souffle-Mystère : le Miracle naturel.

□ Cela me dépasse.

□ Il s'agit de s'élever jusqu'au palier de la Fécondité, et de passer alliance avec la Vierge-Abondance.

□ Qu'est-ce encore ?

□ La Vierge-Abondance procure les aubaines du Souffle-Mystère à celui qui s'est engagé sans retour dans une mission qu'il est incapable d'accomplir. Ainsi n'agit-il plus, mais l'Univers à travers lui.

□ Fariboles !

□ Mon ami, nos chemins se séparent. Ne perds pas la jeunesse de ton âme !

□ Nous reverrons-nous ?

□ Dans l'Éternité.

Le centre-cœur un brin sombre-compact, je contemplai l'ascension du Nourrisson jusqu'à ce qu'il se perde dans les hauteurs célestes.

Puis je revins à ma Belle, et de nouveau nous nous mêlâmes.

Rapport 21 : Contrition

Je reçois à l'instant votre Mise en Garde solennelle estampillée par les trois Vénérables Vieillis, et me présente à ma hiérarchie en état de totale confusion-liquéfaction-génuflexion. Oui, j'ai tragiquement failli à la justesse : depuis près de la moitié d'un cycle, je ne vous envoie plus mon rapport, et c'est une irreprésentable indignité, une intolérable trahison-bévue des serments qui me rivent-enracinent à la juste harmonie de mon élan-désir.

(Au contraire du monde humain, la hiérarchie, chez les Subtils, n'est pas motivée par la conservation d'un ordre social, ou « communo-culturel ». Elle a pour fonction de veiller, si besoin par certaines formes de contrainte, que chaque être demeure dans l'obéissance à la vérité de son propre « élan-désir », et ne succombe pas au vertige de métamorphoses chaotiques, ou dictées par les lois qui régissent les êtres conditionnés (objets inertes ou êtres-mus). Les Subtils considèrent ce qu'ils nomment la « justesse » de chacun, c'est-à-

dire le fait d'être ajusté à sa propre vérité, comme un enjeu qui intéresse au plus haut point la collectivité, – nous dirions ici un enjeu « politique ».)

Il est véritable que ma mission, librement consentie, implique une régulière reddition de comptes, et le maintien d'un lien assidu avec mes mandants. Je ne l'ai pas oublié. C'est pire : je l'ai négligé, et pour cela je reçois la réprimande avec l'exultation de celui que l'inconfort-pénitence rétablit dans le juste sillon.

Car entrelacer les cordons de la sublime ardeur avec ma suave et pétillante aimée, me goberger d'étreintes et d'espaces nourriciers dans la plénitude infiniment vivante de l'extase-unisson, aussi béni-gorgeant cela soit-il, ne devait pas pour autant me combler-ensuquer au point de me faire négliger le légitime service de mes rapports !

Pour autant, je tiens à préciser-clamer qu'à l'opposé de ce que vous ont laissé présumer mon long silence et l'effroi-sollicitude dont vous l'avez meublé, je ne me sens pas enlisé-foutu dans le traquenard que vous envisagez. Au contraire ! Au comble du délice, uni continûment à ma délectable compagne, je défriche des territoires de vie dont, à mon retour, le tableau-simulacre ne manquera pas de vous dilater, compères Subtils, d'une exultation-régal inexplorée ! Ne me croyez pas victime d'une fixation-grappin susceptible de mettre en péril la libre circulation des élans qui traversent mes espaces intimes. Notre liesse est mouvement, vent de libre-folie qui nous promène au gré du Grand Mystère ! Ne craignez pas davantage que mon départ-essor de cette planète soit compromis par une attache-ancrage indissoluble : car je compte bien qu'au temps de mon retour, mon aimée depuis le début des mondes, entre son absurde condition présente et la vie de vertige que je lui proposerai parmi nous, ne pourra que vouloir abandonner, en mourant, la forme stupidement limitative à laquelle elle est rivée dans le non-rêve, pour me suivre dans l'aventure subtile !

Je vous en prie donc, ne sombrez pas à mon égard dans le pur-effroi : explosé d'aise et chaviré d'ivresse, jamais je n'ai été comme à présent virevolté-vivace et jubilant ! Je serai bientôt parmi vous et, dans mes malles à mémoire, je vous rapporterai quelque saveur du pili-pili-peps qui m'anime !

Il est bon que je dise ici quelques mots de la manière dont j'ai vécu ces circonstances. Le temps que décrit X dans son dernier rapport est celui où j'ai commencé à prendre conscience, dans ma vie quotidienne, de son existence. Non pas directement, mais par les effets de mes rencontres avec lui durant mes rêves. J'avais alors trente ans, et traversais une phase de ma vie particulièrement féconde et vivante : depuis quelques mois, je respirais une première quintessence de l'acte créateur dans mon activité d'artiste (je pratique la sculpture). Une légèreté nouvelle se manifestait, une évidence inspirée dans le geste artistique, que je m'efforçais de transposer dans toutes les activités de ma vie. Car je crois que l'artiste se doit d'être total, et que sa matière, davantage que la pierre, l'argile, les couleurs ou les sons, est le présent de l'instant : les événements, les rencontres, les états intérieurs, l'incessant surgissement créateur de la vie qui ne demande qu'à se laisser modeler selon la grâce qui peut traverser

112

l'humain. Mes rêves étaient particulièrement riches, je me laissais guider par eux naturellement, comme l'enfant par un père auquel il a donné sa confiance. En dépit d'une solitude intérieure qui est mon lot depuis ma naissance, et qui m'est nécessaire, et que j'aime, même si j'en pleure quelquefois, les rencontres inattendues, providentielles, se donnaient en abondance, et toujours en résonance profonde avec les questions qui me travaillaient.

Et puis un jour, insensiblement, tout s'est mis à changer. Une étrange fatigue a commencé de s'emparer de moi. Malgré des nuits longues et ininterrompues, il m'arrivait de plus en plus souvent de m'endormir au milieu de la journée, d'un sommeil profond qui durait de plus en plus longtemps. Bientôt, c'est à tout moment du jour qu'il pouvait arriver soudain qu'une torpeur inconnue s'abatte sur moi, qu'un profond engourdissement s'empare de tout mon corps, m'interdisant tout autre mouvement que celui de me laisser glisser au sol. Endormie. À mon réveil, je ne me souvenais d'aucun rêve. Mais de plus en plus la réalité me semblait terne, et grise, et sans attrait. Je désirais ces phases de sommeil qui grignotaient progressivement ma vie diurne. Je ne travaillais plus. Je ne sortais plus de mon atelier, ne répondais plus au téléphone. Je ne me nourrissais plus. Je n'attendais plus rien que cet épais sommeil qui venait me prendre à intervalles de plus en plus rapprochés, et me laissait désemparée de son retrait, bientôt désespérée, n'ayant qu'un seul désir : qu'il revienne. Dormir de ce sommeil-là.

De loin en loin, à peine quelques bribes de souvenir... L'image d'un homme, beau et vivant comme un enfant. Et l'impression de n'être rien sans lui, d'être tout avec lui. Désir de rêver de lui. De me rappeler ces rêves-là.

Un jour, je fermai pour de bon mes volets, m'étendis sur mon lit. Je n'avais plus de jours, mais une longue et interminable nuit, un immense et doux assoupissement à peine entrecoupé de courtes phases de réveil qui n'eurent bientôt plus rien de réel – la seule réalité, la vraie, se situant dans ces terres impalpables que je visitais en rêve, auprès de celui qui m'occupait toute, cet étranger, cet inconnu que je ne connaissais que par le vide qu'il me laissait, dans les moments de plus en plus rares où je revenais au monde.

Au bout de quelques semaines, j'étais en train de mourir. Dans un état semi-comateux, je ne distinguais plus la veille du sommeil, je sombrais dans une indifférenciation de tout qui me comblait. J'étais bien. Si bien...

Au tout dernier moment, une force s'est pourtant soulevée en moi. Une ultime révolte, un sursaut du corps vivant. Comment ai-je réussi à me lever, à sortir de chez moi ? Je l'ignore.

Je suis revenue à moi, longtemps plus tard, dans une chambre d'hôpital. Incroyablement faible. Mais vivante.

On m'a dit que c'était un miracle.

Rapport 22

Marasme-accablement ! Déchirement-débâcle ! Un Dérideur, pour me rendre à la risée vitale ! Me voici perdu si loin des sphères aimées, et les cieux glacés d'ici s'en tapent-étrillent, de ma détresse !

Elle m'est enlevée, je l'ai perdue.

Il y a deux phases à peine, je l'attendais tout frémissant au seuil d'une exhibition d'icônes-apparitions où nous devions nous retrouver au sortir de son laps de non-rêve. Elle tardait. Je pirouettais de fièvre-hâte, commençant à redouter qu'elle ne fût retenue dans les plans denses par quelque sommation de sa forme-animale, lorsqu'elle parut enfin. Tout accablée-blafarde, elle était flanquée d'un Veilleur de Lumière à la mine patibulaire.

□ Que se passe-t-il ? demandai-je avec anxiété.

□ J'ai le centre-cœur à l'agonie. Hélas ! Tout est fini.

□ Que dis-tu ?

□ Cela ne pouvait plus durer ainsi. J'en désertais mon corps. J'allais bientôt mourir.

◻ Mais quelle merveille ! Tu serais délivrée, nous serions unis pour toujours !

◻ Tu ne comprends pas. Je suis humaine.

◻ Quelque bévue du Foisonnement Créateur t'aura précipitée dans ces mornes compacités... Mais ta moelle est celle d'un Subtil ! Unissons-nous. Bientôt, je t'emmènerai chez moi.

Je tentai d'effleurer ses fluides périphériques. Son Gardien, abattant d'un geste foudroyant son glaive de feu, trancha l'espace entre nous. Un mur-abîme se dressait entre nos agrégats. Je ne pouvais plus ni l'enlacer ni me mêler à elle.

Vrillé de désarroi-panique, je la suppliai.

◻ Défais ce sortilège !

◻ Je ne peux pas.

◻ Tu le peux ! Ton Veilleur n'a mandat de servir que ton désir.

◻ Adieu, mon amour.

Une force inexorable l'éloignait. Voulant la retenir, je me heurtai à cette maudite muraille de déni-rebuffade qui nous séparait.

◻ Attends !

Elle s'estompait dans le lointain.

◻ À toi, désormais, de venir à moi.

Ce furent ses derniers mots.

Elle avait disparu.

Je l'ai cherchée dans les sphères du rêve, guettée au sortir de sa forme-animale. Mais quelque ensorcellement, sans doute émané de son Veilleur de Lumière, l'a rendue inaccessible à ma ferveur-élan. Lorsque j'ai attendu patiemment son sommeil, et que son corps donne les premiers signes de l'endormissement, aussitôt une écrasante torpeur me gagne. Dès que j'en émerge, elle est déjà loin. Les espaces où elle rêve me sont maintenant interdits. Et si je puis la voir quand elle veille, et contempler son agrégat subtil emprisonné dans sa forme-animale, c'est un tourment-supplice encore plus terrible que d'être loin d'elle. Car alors, incapable de me percevoir, ou pire encore, ne le désirant pas, elle est à mon égard une étrangère glaciale-indifférente, qui ne me donne rien, ne reçoit rien de moi, et pour laquelle je n'existe pas. Et c'est pourquoi je fuis désormais ce parage honni qu'elle appelle son corps, où sa présence ne sait se donner qu'en se dérobant.

Oh mes compères, mes lointains amis, trop lointains pour m'offrir le moindre réconfort – comme elle me manque ! Déchiré, dévasté, j'erre inerte au fil des souffles sombres, je m'abandonne aux mornes flux des paliers denses. Et j'en appelle à l'Éternel Oubli, qu'il me prenne, qu'il éteigne mes dernières ardeurs et que je disparaisse !

Combien de temps me fallut-il pour être capable de vivre à nouveau ? Des semaines, des mois... Ce n'est pas le corps qui me tenait dans cette lassitude éteinte et mélancolique qui n'en finissait pas. Mû par sa logique animale, au contraire il eût tôt fait de recouvrer sa vigueur naturelle. Au bout de peu de jours, je le sentais déjà qui voulait m'entraîner dans son mouvement vivant. Mais l'âme... L'âme était en deuil. Celui que j'aimais, je l'avais perdu. Et je n'avais même pas, pour étayer ma peine et construire la lente acceptation du jamais-plus, ces souvenirs, ces objets familiers, ces images de l'aimé qui donnent une colonne vertébrale au chagrin. J'étais en deuil, mais ce deuil était vide. Les médecins prononçaient dépression, neurasthénie. Je ne voulus plus les voir. À présent qu'en moi une force avait décidé la vie, je décidai de m'en remettre à elle. Ce fut long. Mourir prend du temps. Renaître, plus encore.

Et un matin, enfin, sous une nappe de soleil, le corps put se remettre à sculpter la pierre. Je le laissais

119

faire, tout en l'observant, respectueuse et timide, craignant que s'engendre la moindre pensée susceptible de troubler cet élan. Cela dura un jour, une nuit, et la moitié d'un jour. Puis il eut fini. Je reculai de quelques pas, et contemplai mon œuvre.

C'était un visage, tel qu'il n'en était jamais né sous mes doigts. Il ne reposait sur aucun corps, comme si son existence de visage n'avait pas besoin d'un corps pour se fonder. Mais il était vivant, changeant, mouvant. Il me regardait.

C'était lui.

Mes doigts dans la pierre avaient inventé son visage, celui qu'il aurait eu s'il avait été de chair.

C'est à ce moment que je sentis qu'il était là. Aucun de mes sens ne le percevait, mais l'atmosphère avait changé, soudain nourrie de sa présence qui m'environnait comme un parfum. Un sourire dessina mon visage. Mon premier sourire, depuis si longtemps.

Rapport 23 : Renaissance !

Que les inaccessibles Sphères des Messagers d'en haut vibrent-résonnent tout uniment d'un chant de liesse ! Elle m'est redonnée ! Non certes comme avant, mille hélas : me mêler-unir à elle m'est désormais interdit, telle est mon immense infortune. Car elle s'obstine à refuser toute rencontre au sein du monde du songe, et son agrégat subtil ne m'est plus accessible qu'au travers d'un mur-adversité sombre-compact, ce sinistre singe qu'elle ne daigne abandonner. Mais sous le double voilement de son corps à elle et de la forme dense que je dois emprunter pour me signifier à ses sens, c'est elle, c'est bien elle, cette présence-offrande à nulle autre pareille, elle, mon aimée, mon unique ! Et je préfère encore piaffer-languir de fièvre-avidité, dans la proximité-supplice d'une créature aimée qui ne se donne à moi qu'en me sevrant de tout assouvissement, que d'être dépourvu du don de ce regard-élan qui m'ouvre un univers de Toute-Nouveauté.

C'est elle qui m'a sollicité. Alors qu'au fond du désespoir, hanté par une sombre flopée de Ricaneurs hilares amochant-minant de leur machine à récit-mort les dévotions-candeurs ayant guidé ma vie, je n'espérais plus qu'en la clôture de mon espace intime à tout élan-désir, voici soudain que j'ai perçu son invocation !

(Le Ricaneur est une entité particulièrement redoutée des Subtils, et dont le jeu semble amener sa victime, à force de sarcasmes, à douter de la valeur de la vie au point de sombrer dans la plus noire dépression. Une légende subtile affirme que les Ricaneurs étaient à l'origine des Purs-Rieurs qui, fascinés par la puissance de leur rire, sont devenus incapables de se l'appliquer à eux-mêmes, et ont ainsi chuté dans les ténèbres. La confrérie des Noirs-badins est soupçonnée de rendre secrètement un culte au Prince des Ricaneurs.)

À l'état de veille, rivée à son corps et pourtant jubilante, elle me désirait. C'étaient de tendres effluences, issues du plus secret de ses cadences intimes, qui mettaient autour de moi l'espace en résonance, appelant ma présence, ravivant mon ardeur, revigorant mes folies douces. Aussitôt, je me suis trouvé à ses côtés. Je l'observai longuement. Son agrégat subtil, quoique attaché à son corps, était magnifiquement dilaté. Par une multitude de gesticulations indéchiffrables et délicates, elle était appliquée à conférer souffle, mouvement et vie à un fragment de matière d'une extrême densité, que les Fous nomment la « pierre ». Puis elle eut fini. Un imperceptible frémissement de son agrégat m'avisa qu'elle avait senti ma présence auprès d'elle. Fou-trépignant d'émoi, je brûlais de manifester à ses sens la toute-intensité de ma ferveur-élan. Mais nos mondes respectifs étaient irréductiblement séparés par un abîme. Elle aurait pu le combler, ayant sur moi cet avantage de posséder les deux natures, et d'exister aussi sur un mode subtil où elle était en mesure, en délaissant son corps, de me rejoindre. Mais elle ne le voulait pas. Quant à moi, il était en mon pouvoir d'emprunter n'importe quelle allure humaine pour me signifier à elle, et j'en brûlais d'envie. Mais une force-rigueur intérieure et profonde m'en détournait impitoyablement. Car c'était la vérité même des sentiments qui m'animaient que je désirais lui révéler ! À quoi bon produire un simulacre accordé à ses ouvertures sensorielles pour seulement lui signaler ma présence, elle qui la ressentait déjà, mais sans lui en offrir la moindre saveur ? Les premières approches-rencontres que j'effectuais sur cette planète n'avaient pour but que de recueillir des informations sur les mœurs et coutumes de ses habitants, et pouvaient s'accommoder de n'importe quelle allure-mascarade, pourvu qu'elle fût identifiable au regard d'un Humain. Mais là... Il me fallait dire, dans la densité sombre et figée de ce que les Fous nomment la matière, quelque chose de la finesse infiniment mouvante du frémissement de mon espace intime ! C'était impossible, et je fus envahi par une bouffée de chagrin-dépit.

☐ C'est possible !

Elle s'adressait à moi ! Son corps était muet, mais son centre-cœur émettait des formes-pensées à mon intention.

☐ Regarde la pierre. Rien n'est plus immobile. Pourtant, elle a su se remplir de ton âme.

Je contemplai son œuvre. Saisissement-vertige ! Dans cette matière inerte, que le miracle de son art était parvenu à animer grâce au jeu suprêmement délicat de mille tensions, contradictions, oppositions tenues ensemble par une harmonie prête à se rompre à tout instant, mais qui ne se rompait pas, quelque chose de ma vérité la plus intime était venu s'inscrire ! Et dans cette face humaine tellement étrangère à ma substance, je me reconnus.

☐ Cette pierre t'appelle. Veux-tu prendre corps pour moi ?

Tout s'éclaira. Pour me donner matière à ses sens d'une manière qui ne trahisse pas mes élans-vérités, c'était à un travail d'artiste humain qu'elle me conviait ! Infuser le vivant dans l'inerte, le frisson dans l'inanimé. Faire œuvre, non dans la fluidité docile de l'élément subtil, mais dans les compacités froides et rebelles à l'élan de ce que les Fous nomment le corps... Quelle nouveauté ! Tremblant de peur-désir, je m'y risquai.

D'abord, j'observai de nouveau ce visage de pierre. Tout y était articulé autour d'un étrange et fascinant sourire. Si les Fous connaissent ce parfum-mystère que nous vénérons tant, celui-ci, ne pouvant se manifester chez eux qu'à travers la densité d'un corps, dégénère le plus souvent en une pure grimace de la matière. Mais la magie de mon artiste était parvenue à donner chair à ce frémissement des profondeurs, et par ce sourire-là, épanouissant d'un élan radieux l'amas compact et froid dans lequel il avait été sculpté, la matière semblait tendre, aimantée d'amour, vers les plus hauts niveaux d'ivresse.

C'est par ce sourire que je commençai donc à façonner le double dense de moi-même à la faveur duquel j'entrerais en contact avec mon aimée. Ayant touché dans mes profondeurs l'émotion-vérité dont il était l'expression charnelle, je le matérialisai sur son plan. Je lus alors dans son agrégat subtil que ses yeux de chair me percevaient. Et qu'à travers cette apparence que j'avais façonnée pour ses sens, elle me reconnaissait !

Je fis le reste du visage. Les yeux ne furent pas difficiles, mais je butai sur le regard. Comment signifier avec de la matière ce qui en est l'exact contraire ? Je n'ai pu résoudre cette énigme. En revanche, donner à ce visage un corps qui lui soit ajusté fut presque un jeu d'enfant.

Pendant toute la durée de mon effort de manifestation, mon aimée semblait quitte de la moindre

frayeur. Éberluée-ravie, tout à la joie d'être éblouie-
déjouée par le surgissement-profusion de l'inattendu, elle en avait ardemment applaudi chaque étape.
Quand je fus entier, elle me prit la main et m'attira à
elle.

□ Merci.

Sondant son agrégat, je me vis comme elle me
voyait. Affublé de cette accablante guenille de densité
qui m'interdisait toute aisance et toute fluidité, je me
suis pourtant, dans le miroir de son regard-élan, presque trouvé beau.

C'est donc ainsi que je me fis un corps à la manière
des Fous ! Non pas une simple apparence arbitraire,
non pas une illusion multisensorielle de laquelle je
pourrais jouer à ma guise, à la façon dont chez nous
les Maîtres du Délire manœuvrent leur pantin-malice,
mais le corps que ne manquerait pas de revêtir mon
agrégat subtil s'il était humain, et dont les contours
disent les danses et les essors de ma trame-intime :
mon corps, que je m'impose d'animer seulement de
l'intérieur, et qu'il me faudra apprendre à vraiment
habiter, pour qu'il devienne réellement mien. Mais
grâce à lui déjà, et depuis plusieurs phases, mon unique et moi-même jouissons d'échanger, par le biais de
cet autre corps qu'est le langage humain, des formes-
pensées qui nous révèlent l'un à l'autre. Ainsi, je la

découvre, telle que je ne la connaissais pas. Car, identifiée à sa forme corporelle, elle est d'une autre beauté,
qui m'avait d'abord échappé, plus austère et plus
ensorcelante... Et la contempler ainsi, proche et si lointaine, si loin de moi d'être plus proche d'elle-même,
est un âpre et douloureux délice.

Et si je dois, pour vivre la ferveur qui m'anime,
m'altérer-contrefaire d'une manière si contraire à ma
nature subtile, s'il nous faut pour partager nos mondes
en passer par la sombre matérialité qui limite inima-
ginablement nos possibilités d'offrande, alors qu'il en
soit ainsi ! Ma mission n'est-elle pas de me risquer
dans l'inexploré ? Sans la comprendre, je la suis. Car
elle est mon guide dans le Tout-Nouveau.

Nous sommes si peu conscients des mouvements de notre âme ! Je n'ai pas le souvenir d'avoir exprimé à son intention les pensées qu'il a perçues. Mais elles sont à ce point conformes à mon désir le plus profond que je ne peux douter que mon cœur les a émises. Tout entière tendue vers cette présence qui nimbait l'air, si ténue, si subtile et pourtant si tangible, je baignais, juste avant qu'il ne se manifeste à moi, dans une joie profonde, de cette joie qui rend toute étrangère à la peur, et qui est une aspiration inconditionnelle et paisible au surgissement du tout autre, une action de grâce à l'inconnu.

Et l'inconnu advint. Ce fut d'abord un tremblement imperceptible de l'atmosphère qui m'environnait. Puis j'eus l'impression que ma vue se brouillait : en face de moi, légèrement sur ma gauche, une sorte de vapeur était en train de naître, faisant obstacle à la lumière du midi qui se déversait par la fenêtre ouverte. Se rassemblant sur elle-même, cette brume adoptait progressivement la forme d'un sourire d'homme, flottant dans l'espace à la hauteur de mon visage. Sourire tremblant, peu assuré, semblant à chaque instant menacé de s'évanouir comme une illusion dissipée par un simple plissement des yeux... Sourire qui ne disparaissait pas, au contraire gagnait en profondeur, en densité... C'était celui de ma sculpture. Un peu trop figé pour un sourire humain, empreint d'une maladresse poignante, comme dessiné par une main d'enfant, il demeura ainsi quelques instants, impossible mimique suspendue au milieu du vide. Lentement, un visage apparut. Puis tout un corps. Celui d'un homme.

Il est vrai, et j'en suis encore étonnée au moment où j'écris ces lignes, que pas un instant je n'ai ressenti le moindre effroi. Je vivais ces retrouvailles avec l'impossible comme l'évidente et paisible confirmation de ce que toujours j'avais pressenti. Que la vie n'est pas ce qu'on nous dit. Que l'univers est l'œuvre d'un artiste, et que cet artiste est infiniment plus libre qu'on ne le croit. Et notre cœur est l'espace de sa liberté. Le laissons-nous s'ouvrir ? Alors tout est possible.

Je tendis la main vers ce corps immobile, il s'approcha de moi d'un mouvement raide et malhabile. Je le touchai, pour vérifier que je ne rêvais pas, que cette présence inconnue et néanmoins si familière était plus qu'une apparence, mais s'était bien inscrite dans la matière sensible. Il se laissa toucher. Sa main était d'un contact étrange. Présentant à la perfection toutes les caractéristiques de la peau, du poil, de la chair et des os, c'était une main puissante et chaude qui répondait à la pression. Mais elle était comme inhabitée, désertée, vide. Presque inhumaine. C'était la main d'un parfait androïde. Comme il était étranger à cette chair dont il n'adoptait encore que les contours ! Et comme je lui étais reconnaissante d'être allé déjà si loin pour moi...

À l'expression de ma gratitude, il répondit en s'excusant d'être si gauche :

□ Je ne sais pas encore... conduire... ce singe... de l'intérieur, dit-il en me fixant de ses yeux presque morts, comme s'il cherchait ses mots en moi.

□ Je t'apprendrai cela. Et tout ce que tu voudras.

Rapport 24

Sans jamais se lasser, elle me questionne et m'écoute. De l'univers subtil, elle veut tout connaître ! Le Rideau d'Oubli ne lui a laissé aucun souvenir de nos échanges dans le monde du songe, et ses questions, sa manière de s'étonner de tout ce qui lui semblait, hors de son corps, parfaitement naturel, permettent de mesurer à quel point ces Consciences, à l'état charnel, nous sont étrangères. C'est ainsi qu'au travers de la matière-langage, patiemment je lui narre des secrets que son âme connaît, et cet exercice m'offre une compréhension de plus en plus intime de cet étrange vecteur de sens. Il m'apparaît maintenant distinctement qu'il ne suffit pas de décalquer quelques formules capturées dans l'agrégat subtil d'un Humain pour prétendre maîtriser ce que les Fous nomment la « parole ». Car il y a dans leur langage comme un excès de richesse signifiante qui résiste à l'intention de dire et entraîne parfois dans des voies de sens tout à fait inattendues-baroques, lesquelles ouvrent pourtant sur de mystérieux horizons. Quelles possibilités de jeu n'y a-t-il pas là ! J'entrevois mieux désormais ce que pourrait être le chemin de cet artiste étrange, que les Fous nomment écrivain.

☐ Où se trouve ta planète ?

☐ Très loin. Mais tout près.

☐ ...

☐ Immensément loin du point de vue de ton univers matériel. Mais dans l'espace subtil, tout est proche de tout. Néanmoins, ta planète est d'un accès difficile pour nous.

☐ Pourquoi ?

☐ Pour des raisons *qualitatives*. La vibration de la Terre est incroyablement basse. Pour nous y accorder, il est nécessaire d'opérer une... chute intime.

☐ Je ne comprends pas.

☐ Dans la joie, tu t'élèves, n'est-ce pas ? Et dans la dépression, tu t'abaisses... Pour nous rendre sur ton plan, il nous faut... nous déprimer volontairement.

☐ Connaissez-vous la naissance et la mort ?

☐ Nous mourons et nous naissons sans cesse, puisque notre délice est la métamorphose. Mais pour vous, n'est-ce pas, la naissance est un tout-début. Et la mort

132

une toute-fin... Nous ignorons cela. Nous sommes, et nous changeons.

□ Vous avez bien commencé un jour ?

□ Je finis et je commence à chaque instant.

□ Mais un Grand Commencement ! Le tout premier. Tu n'étais pas, et puis tu es !

□ Je n'en ai pas le souvenir. L'Oubli nous délivre continuellement de la charge du passé, pour garder notre espace ouvert à de nouvelles métamorphoses.

□ Tu ne te poses pas la question de ton origine ?

□ J'ai ma source dans le Mystère des Mystères. Et de cette source, je ne cesse de jaillir.

□ Depuis toujours ?

□ Je ne sais pas.

□ Comment la vie est-elle organisée, sur ta planète ?

□ Elle n'est pas organisée.

□ Tu m'as pourtant parlé d'une forme de hiérarchie...

□ Elle est précisément là pour veiller à ce qu'aucune organisation n'apparaisse.

□ Pour quelle raison ?

□ Pour éviter qu'à la spontanéité vivante de l'ajustement créateur ne se substituent la cristallisation-routine et la manie-ritournelle.

□ Je ne comprends pas.

Je cherchai dans ses réserves-mémoire une image susceptible de lui faire comprendre ma pensée.

☐ Pourrais-tu être artiste et fonctionnaire ?

Le fonctionnaire symbolise dans l'organigramme humain le Maître des répétitions, le Prince des procédures et le principal garant de l'ordonnancement communo-culturel.

☐ Je ne crois pas.

☐ Nous, Subtils, sommes en quelque sorte des artistes.

☐ As-tu une forme qui t'est propre, indépendamment de tes métamorphoses ?

☐ Je ne comprends pas.

☐ Regarde-moi. Je peux me vêtir de toutes les couleurs, me déguiser, porter des masques... Néanmoins, j'ai une forme à moi : mon corps, mon visage.

☐ Un déguisement aussi, auquel tu es identifiée.

☐ Si tu veux. Mais n'avez-vous pas... une forme de base, à partir de laquelle vous vous métamorphosez ?

☐ Oh !

☐ Qu'y a-t-il ?

☐ C'est une question... extrêmement embarrassante.

☐ Pourquoi ?

☐ Sur ma planète, on n'évoque jamais cette chose-là. C'est...

☐ Tabou ?

☐ Voilà.

□ Je suis désolée. Mais très intriguée !

□ Même à une Humaine, il m'est difficile de mentionner notre... Disons que nous avons un état... non-défini. Ce n'est pas une forme de base, c'est... Feu-Mystère ! Un... potentiel de forme, un mode transitoire. Nous ne nous donnons jamais à percevoir de cette manière ! L'affabilité-contact la plus élémentaire requiert une prise de forme ajustée à chaque approche-rencontre. Et te parler d'un tel sujet m'effarouche-offusque au plus haut point.

□ Et à quoi ressemblez-vous dans cet état ?

□ Quelle impudicité !

□ Pardon, pardon ! N'en parlons plus.

□ Si tu étais une Subtile, tu serais déjà traduite devant le Conseil des Révérés...

□ Je ne suis pas une Subtile.

□ Heureusement pour toi.

□ Tu peux donc me dire à quoi vous ressemblez, dans votre état... non-défini.

□ Peste-greluche ! Tu me demandes la pire des indécences !

□ Ou la plus neuve des audaces ?

□ Nous ressemblons... Mes compères, grand Pardon ! À une... sphère.

□ Tous ces chichis pour si peu ?

□ Tu ne peux pas comprendre.

□ Et mourir ?

□ Cet horizon-là nous est étranger. Cependant...

□ ...

□ Certains d'entre nous... disparaissent.

□ Que veux-tu dire ?

□ Ils ne sont plus là. Nous ne les percevons plus. Soudain, le monde est amputé de leur regard-élan.

□ Que deviennent-ils ?

□ Nous l'ignorons. Mais certains racontent...

□ Oui ?

□ Non. C'est une absurdité. Assez parlé de moi ! Si tu me faisais découvrir la planète des Fous ?

Rapport 25

Elle me prit joyeusement par la main pour me guider hors de chez elle. Déstabilisé par cette brusque traction, mon singe s'affala de toute sa longueur sur le sol de son atelier.

☐ Oh, je suis désolée ! Tu n'as pas mal ?

☐ Que signifie « avoir mal » ?

☐ Tu n'as rien senti ?

☐ J'ai senti que tu tirais ce corps vers l'avant, puis j'ai constaté le renversement de mes repères spatiaux.

☐ C'est tout ?

☐ Pourquoi m'as-tu fait tomber ?

☐ Je ne voulais pas te faire tomber ! Je pensais que tu allais me suivre.

☐ De quelle manière ?

☐ En marchant !

☐ Bien sûr... Je n'y ai pas pensé. Montre-moi comment on fait.

☐ Mon Dieu... Tu as vraiment tout à découvrir !

Elle m'apprit donc à marcher. Il faut rappeler que les déplacements des Humains n'obéissent pas aux lois de leur nature subtile mais à celles de leur condition incarnée, et qu'au contraire de nous il ne leur suffit pas de se représenter un lieu pour immédiatement s'y trouver. Pour se mouvoir, ils se placent dans des machines, telles ces caisses précédemment évoquées, ou contraignent leur singe à des gestuelles spécialisées, et la marche est l'une d'entre elles. Au prix d'un bref entraînement, je maîtrisai cet exercice, et pus suivre mon initiatrice.

Je fus emmené dans ce que les Fous nomment « la rue ». C'est un parage assigné à la locomotion, laquelle se pratique à l'aide de caisses ou par le biais de la déambulation, ces deux activités disposant chacune d'un domaine propre et compartimenté. Les caisses communiquent entre elles à l'aide d'un langage assez rudimentaire, le « klaxon », et les Fous qui les occupent éprouvent parfois la nécessité d'approfondir l'échange en recourant à un niveau d'expression dont nous ignorons tout équivalent, et qu'ils nomment « insulte ». D'après les renseignements que j'ai pu tirer de ma compagne, l'insulte consiste en général à identifier un congénère à la dimension du singe tenue pour la plus basse, celle qui a un rapport avec ce que les Humains nomment le « sexe ». Cette partie, située dans la portion médiane du singe humain, constitue le critère discriminant entre la polarité Accueil (celle qui domine chez les « femmes ») et la polarité Action (celle qui prévaut chez les « hommes »), et joue un rôle énigmatique à l'égard de la « reproduction », notion par laquelle les Fous désignent le processus au terme duquel de nouveaux agrégats subtils humains se retrouvent emprisonnés dans une forme corporelle. Sa relation inextricable au malheur humain est peut-être la raison pour laquelle, sur cette planète, le sexe est considéré avec un tel mépris qu'y être assimilé, fût-ce d'une manière toute langagière, est tenu pour un grave préjudice. Lorsque les insultes n'ont pas rempli suffisamment leur mystérieux office, une dernière forme de communication entre conducteurs de caisses intervient : les « coups-et-blessures », qui désignent une brutale collision-percussion de deux singes l'un contre l'autre à des fins d'anéantissement réciproque. D'une façon générale, et comme j'avais pu le constater lors de ma première approche-rencontre avec un Humain, la partie de la rue attribuée au déplacement des caisses est un parage où gouverne un lancinant tourment-supplice. Les Fous sont en effet particulièrement attachés à diminuer la souffrance de leur agrégat subtil qui, lié à une forme corporelle, est privé de la faculté de se transporter instantanément en un lieu de son choix à la faveur d'une simple intention. Pour cela, ils recherchent la « vitesse », qui signifie la réduction du délai mis par leur singe à parcourir la distance qui sépare le point où ils se trouvent de celui qu'ils souhaitent atteindre, et c'est à cet effet qu'ils construisent leurs caisses et autres machines à célérité. Mais comme ils souffrent du délai lui-même, et que celui-ci ne peut jamais tout à fait disparaître, la quête de vitesse est nécessairement marquée par une inaltérable frustration, et tous ont l'appétit d'aller toujours plus vite, témoignant ainsi de l'horreur qu'ils éprouvent à être rivés à une forme corporelle et à subir les limitations qui en découlent.

Il est à noter que c'est précisément la vitesse qui confère aux caisses, à la faveur de ce qu'ils nomment « accident », la faculté de concasser les singes et délivrer de leur emprise les agrégats subtils qui y sont attachés. On peut donc dire qu'à l'intérieur même de leur dérangement, le comportement des Fous se caractérise par une certaine logique.

La partie de la rue réservée à la marche est, quant à elle, interdite aux caisses, et les Fous s'y consacrent à une autre manière de se soulager de leur triste condition : le « shopping », ou la « consommation ». Cette activité revêt sur cette planète une telle importance que ses habitants, outre la désignation d'Humains, emploient également pour se définir la notion de « Consommateurs », et ces deux appellations sont à peu près synonymes.

Les marcheurs sillonnent donc les « trottoirs », le regard-élan tout absorbé dans la contemplation des « vitrines » qui bordent la rue. Ces dernières sont des espaces de chatoiement où des objets sont disposés de telle manière que ceux qui les contemplent puissent tenir leur possession pour un remède à leur douleur-intime. Lorsque opère cet appât-torpeur, le marcheur se retrouve de l'autre côté de la vitrine, dans un parage nommé le « magasin ». Là, son agrégat subtil est hypnotisé-cajolé par des stimulations débonnaires-lénitives adressées à chacune de ses ouvertures sensorielles, et qui ont pour but de le persuader de commettre une « emplette ». Les Fous nomment ainsi l'acte qui consiste à devenir « propriétaire » d'un objet, et nous entrons ici dans des considérations qui nous sont à ce point fabuleuses-allogènes qu'afin de les appréhender, je vous prescris de ligaturer soigneusement vos parties suaves et de bien cheviller-sceller vos circuits d'entendement...

Les Fous nomment « propriété » l'opération par laquelle un seul d'entre eux prive tous les autres de la disposition d'un objet donné. Aussi atterrant-dément soit-il, cela se réalise avec le plein accord de ceux qui sont ainsi dépossédés. Il semble, nouvelle énormité-consternation, que les habitants de cette planète se soient entendus au sujet de la propriété en vertu de la considération commune que la jouissance de dépouiller de quelques biens tous ses compères est plus intense que celle de disposer ensemble de tous les biens dans un partage réglé. Chacun de ces êtres, dès qu'il peut dire d'un objet « ceci est à moi », subit apparemment l'illusion d'un élargissement des limites de son agrégat subtil au-delà de celles que lui assigne son corps, et s'éprouve pour un temps comme affranchi des contraintes de son incarnation. Plus il possédera d'objets, plus il se sentira vaste et transcendant sa condition. Quelques-uns d'entre les Humains vivent ainsi comme s'ils aspiraient à posséder le monde entier ; la plupart, comme s'ils le possédaient déjà. Néanmoins, de moins malades contestent la notion de propriété : ce sont les « voleurs », dont le plaisir consiste à disposer librement de ce dont les autres prétendent les priver pour leur seul usage. Ils sont mal vus, et les propriétaires n'ont de cesse de les pourchasser afin de les mettre hors d'état de se livrer à leur marotte. L'attachement des Fous à la propriété est si grand qu'ils n'hésitent pas, horreur sans nom, à priver totalement les voleurs de leur liberté de mouvement ! En des parages plus cléments, on se contente de leur couper la main.

Pour devenir propriétaire, il est nécessaire d'échanger le bien auquel on aspire contre ce que les Fous nomment « l'argent ». Ma compagne, en dépit de ses efforts, n'est pas parvenue à me faire saisir ce dont il s'agit là. L'argent ne nourrit pas, n'est ni beau ni nouveau, ne sert à rien et ne procure aucune jouissance. Néanmoins il n'est rien que les Fous convoitent autant, et ils sont prêts à tout pour obtenir ce qu'ils appellent également monnaie, flouze, oseille ou capital. L'argent qu'ils échangent contre des objets, les Humains l'empochent par le « travail », notion qui désigne leur participation à la production de ces objets dont ils feront l'acquisition grâce à l'argent qu'ils gagnent. Plus les Fous achètent d'objets, plus il y a d'argent, et plus ils peuvent en acheter. Ils disent alors que tout va bien. En revanche, si de nombreux Fous décident de faire moins d'emplettes, il y a moins de travail donc moins d'argent, et ils disent alors que c'est la « crise ». Fort heureusement, l'impression qu'ont les Fous d'être soulagés de leur sinistre condition grâce à l'acquisition d'un objet est toujours de très courte durée, et le besoin d'un nouvel article à « consommer » se fait vite sentir. C'est ainsi que les rues sont perpé-tuellement bondées d'Humains passionnément adon-nés à leurs emplettes, et convaincus que tout va bien.

Après plusieurs laps à parcourir la rue, durant les-quels ma douce-aimée déployait de nombreux efforts à me faire entendre dans son langage les arcanes-stu-peur d'un monde aussi biscornu-cocasse, mon agrégat subtil éprouva le besoin de se reposer des efforts consentis à mobiliser mon singe. Elle me proposa donc d'aller nous établir dans ce qu'ils nomment un « bis-trot », afin de nous « asseoir ». Ce dernier terme dési-gne le fait d'étaler-confier la partie médiane-arrière de sa forme-animale sur un support plan et fixe, ce qui exonère presque totalement du labeur de maintien que requiert la station debout.

À peine assis, je fus entrepris par un autochtone, nommé « le serveur » :

☐ Et pour monsieur, qu'est-ce que ce sera ?

Ma compagne venait de lui commander un « café », mais un rapide sondage de ses mémoires m'apprit qu'il éprouvait la plus grande estime pour les Humains mâles qui possédaient ce qu'il appelait une bonne « descente », et qu'il associait cette qualité à une demande de « gnôle ».

☐ Un tord-boyaux.

☐ Whisky ?

☐ Double. Sans eau ni glace.

D'un regard, il me signifia que nous appartenions au même monde, ce qui me fut agréable. Puis il s'en retourna quérir la chose.

☐ Fais attention, murmura mon unique. C'est fort.

☐ Fort ?

Mon nouvel ami déposa devant moi un objet creux et translucide, « le verre », à moitié plein d'un liquide de couleur jaune. Imitant les Fous avoisinants, je le vidai à l'intérieur de mon singe par l'orifice nommé « la bouche ».

☐ Ça va ? s'enquit mon égérie...

☐ Mais oui !

☐ Ça ne te fait aucun effet ?

☐ Non. Garçon, la même chose, ajoutai-je à l'intention du serveur, comme j'avais vu qu'il l'attendait.

J'absorbai de même le deuxième verre, puis en demandai encore plusieurs autres, ce qui produisit de la part des Consommateurs environnants un fort mouvement d'intérêt à mon égard, et je fus bientôt entouré d'un groupe de Fous mâles qui m'encourageaient joyeusement. Me conformant à leur aspiration, je déclarai que c'était ma « tournée ». Je fus alors immensément aimé.

□ Arrête ! Tu n'as même pas d'argent, chuchota ma toute belle en réprimant un rire.

□ De l'argent ? Facile !

Je matérialisai entre mes doigts un empilement épais de « billets de banque », suffisamment conformes à ceux dont usent les Fous pour que s'installe un long silence approbateur. Puis on m'appela affectueusement « Milord » ou « Monseigneur ».

Au bout de plusieurs tournées, les agrégats qui m'entouraient se trouvaient tous amplement dilatés, et mes nouveaux potes-intimes avaient entrepris de m'enseigner ce qu'ils appellent des « chansons ». Tout en les reprenant de bonne grâce, je laissai mes inerties compétentes se livrer à un examen approfondi de la situation. En voici les conclusions.

Les Fous appellent « alcool » une substance qui, agissant sur les fluides qui circulent à l'intérieur de leur singe en émoussant-ensuquant ses sensations, permet à leur agrégat subtil de ne presque plus ressentir l'oppression-compacité résultant de son attachement à celui-ci. Ils se comportent alors avec leur corps un peu comme s'ils n'en avaient pas. Cette impression d'affranchissement engendre un état d'euphorie-dissipation qu'ils sont très désireux de partager avec d'autres Fous dans les mêmes dispositions. C'est ce qu'ils appellent « faire la fête ». Cette activité, qu'ils affectionnent particulièrement, est un moment où les Humains « se lâchent », et cette expression désigne un net amoindrissement de la contrainte qu'ils exercent habituellement sur les élans qui les traversent afin de demeurer dans les limites de la définition d'eux-mêmes qui permet aux autres de les reconnaître. Ceux qui ont le bonheur de réussir à se lâcher dans des proportions suffisantes peuvent même éprouver le délice fort recherché de se croire tout à fait délivrés des limites de leur corps au point de rayonner dans toutes les directions de l'espace : ils disent alors qu'ils « s'éclatent », et même qu'ils « s'éclatent à mort » quand l'illusion de libération est si intense qu'elle leur paraît définitive. Après une « fête », quand l'effet stupéfiant-sédatif de l'alcool a cessé, ils ont la « gueule de bois ». Les habitants de cette planète nomment ainsi les retrouvailles de leur agrégat subtil avec la densité. Celles-ci sont d'autant plus incommodes que la tolérance du singe à l'alcool est limitée à des quantités dont le respect interdirait à la plupart des Fous l'éclatement dont ils ont l'appétit, et qu'ils ont donc l'habitude de les outrepasser très largement...

D'une façon générale, j'ai pu constater que toute tentative des Humains pour se soulager de leur insoutenable condition ne faisait qu'accroître les douleurs de celle-ci. Pour leur plus grand malheur, aucun d'entre eux ne semble encore s'en être aperçu. Toute l'organisation communo-culturelle qui régit cette planète est fondée sur une quête-appétit de la non-sensation dont chaque succès ne fait qu'accroître les raisons qu'ont les Humains de vouloir ne plus sentir.

Dans un prochain rapport, je vous conterai mes dernières aventures au milieu des plus haut-perchés dans la hiérarchie des Fous, ceux qu'ils appellent des « scientifiques ». Ces péripéties très farfelues-baroques m'ont valu quelques lueurs neuves au sujet de cette invraisemblable planète. Mais elles m'ont aussi tenu éloigné de ma toute-sublime Humaine durant de trop nombreuses phases et pour l'heure, traversé par mille senteurs de suavité-merveille, je m'en vais recueillir de toute la concavité de mes réceptacles subtils les plus pures de ses effluences intimes.

Rapport 26

Dans ma fougue-engouement pour le Tout-Nouveau, j'avais présumé de mes forces. Peu après mon neuvième verre de whisky, je me suis avisé que mes efforts pour animer cet élément compact-accablant que les Fous nomment un corps m'avaient conduit à une exténuation presque totale de mes souffles intimes. Ce qui consume immensément d'ardeur n'est pas tant la mobilisation du singe, qui dans la position assise est réduite à bien peu, que la nécessité incessante de se surveiller soi-même. En effet, l'organisation communo-culturelle qui fige-enrégimente ces Consciences a pour principale exigence la pétrification de toute candeur-élan dans une « attitude », et cette notion désigne une manière de se manifester aux autres suffisamment certifiée-notoire et coutumière pour éviter à ses observateurs le vacillement-désarroi qu'occasionne le surgissement de l'inattendu, que nous Subtils affectionnons tant, et que les habitants de cette planète tiennent pour insupportable. Chaque Humain s'attache à conformer l'allure de son singe à la ligne-artifice en vigueur, en même temps qu'à veiller à ce que tous les autres exercent sur eux-mêmes le même genre de contrainte. De la sorte, l'accueil que les Fous se concèdent les uns aux autres est suspendu à la mise en conformité de chacun d'eux au protocole commun. À cette pression générale s'ajoute celle de l'« amour », mot par lequel, nous l'avons vu, on désigne ici un ensemble d'attentes nutritionnelles qui obligent également ceux qui les subissent à des comportements hautement domptés-régulés. C'est ainsi que, tout en se prenant pour ce que les autres voient de lui, chaque Humain s'applique à leur faire voir ce qu'il n'est pas dans le seul but d'être bien vu.

En ce qui me concerne, anticiper en permanence la manière dont les Fous présents attendaient que je me conduise, par une lecture précise et assidue de leurs agrégats, tout en endiguant-fliquant la libre-folie de mes élans de vie pour m'assortir à la norme-mascarade ayant autorité, ne mit pas longtemps à me pomper-tarir de tout allant. Vint donc un temps où il me fallut opérer d'extrême urgence le retrait de mon agrégat subtil vers des paliers de moindre densité. Déserté de toute animation, mon singe s'écroula brutalement, non sans culbuter-répandre en direction des alentours, outre un grand nombre d'objets, deux de mes compagnons de festivités.

Ce fut l'affolement. Mon unique, un peu déconcertée par la soudaineté de l'événement, était néanmoins quitte de la panique ambiante, et contemplait la scène avec détachement et curiosité. Se présenta bientôt un Humain nommé « le Médecin », qui jugea bon d'examiner mon singe. « Son cœur ne bat plus », fit-il observer. Cette remarque eut pour effet que toute l'assistance, me croyant trépassé, fut gagnée par un même sentiment-résonance. Celui-ci n'a pas de dénomination propre, sans doute à cause de sa grande complexité. Sur un fond obscur de frousse-alarme face à la perspective de sa propre mort, soudain rendue présente par l'événement de celle d'un autre, se détache la satisfaction qu'il se soit effectivement agi de celle d'un autre, elle-même endiguée-garrottée par la volonté d'être traversé, face à l'affranchissement d'un compère, par le chagrin approprié... S'y ajoutent le souci d'arborer la mine adéquate au cérémonial hautement contraignant en vigueur dans de telles circonstances, et la jubilation d'un sentiment d'unité-captivation qui permet provisoirement à l'agrégat subtil humain de se sentir en paix avec lui-même.

Des « policiers » firent leur entrée, et entreprirent d'interroger quelques témoins sur ce qui s'était passé. Au bout d'un certain laps de mal-comprenance, il m'apparut que l'objectif de leurs questions était de s'assurer qu'aucun des Fous présents n'avait activement contribué à ma mort. Les conventions qui régissent l'organisation communo-culturelle de cette planète prohibent en effet avec la plus grande rigueur tout acte par lequel un Humain, par compassion ou pour toute autre raison, participerait à la délivrance d'un congénère – ce qu'ils appellent un « meurtre ».

Puis d'autres Fous s'emparèrent de mon singe et le déposèrent dans une grande caisse de couleur blanche, laquelle, avec une stridente vibration sonore, se déplaça jusqu'en un lieu nommé « l'Hôpital ». Ma céleste avait reçu la permission d'y prendre place et, invisible à tous les yeux humains, je l'accompagnais.

À l'Hôpital, un autre Médecin palpa mon singe, puis le relia, par divers fils et tuyaux, à des machines dont l'inspection lui permit de confirmer mon décès.

☐ Je suis désolé, émit-il à ma belle.

☐ Oh, je ne suis pas inquiète, lui répondit-elle.

☐ Mais il est mort, mademoiselle.

☐ Vérité d'un moment...

L'homme fronça les sourcils et somma une « infirmière » d'aller quérir un « psychiatre ». Les Fous nomment ainsi un personnage dont la tâche consiste, en farcissant un singe de diverses substances qui l'assomment-engourdissent, à priver l'agrégat subtil qui l'anime des moyens de rendre public le scandale que lui inspirent son emprisonnement dans une forme corporelle, et toutes les conséquences qui en découlent. Les Fous tiennent en effet pour normaux ceux d'entre eux qui parviennent à trouver normales leurs conditions d'existence, et nomment les autres « fous ». Ces derniers sont donc les moins fous parmi les Fous, raison pour laquelle on les cloître-emmure en des lieux solidement barricadés, les « asiles », dans lesquels ils ne risquent pas de divulguer leurs dangereuses vérités... D'une façon plus générale, les psychiatres prodiguent leurs soins à tous ceux qui ne parviennent pas à agréer la manière dont les Fous prépondérants racontent le cours des choses, et c'est pourquoi ce Médecin avait jugé que ma sublime en avait grand besoin.

Mes forces restaurées en suffisance, je choisis ce moment pour ré-intégrer-animer mon singe. Je me levai, et fis quelques pas en direction du Médecin, sur l'épaule duquel je posai une de mes mains, geste qui a ici une signification amicale. Ce dernier se retourna brusquement en lâchant une courte et puissante vibration sonore. Puis il me regarda longuement, la bouche grande ouverte :

☐ Mais vous étiez mort !

☐ Et alors ?

Il semblerait que, sur cette planète, la coutume exige qu'un agrégat subtil ayant quitté son corps ne le réintègre plus dès lors qu'un Fou officiel a déclaré qu'il était décédé.

☐ Il faut que je vous examine.

L'Humain me fit étendre et relia mon singe aux mêmes appareils que précédemment. Après une brève inspection il déserta mon parage, émettant ce qu'on appelle ici des « jurons », et se lamentant qu'il n'y comprenait plus rien.

152

☐ Je crois que tu vas leur poser un petit problème, sourit ma grâce, dont l'agrégat subtil était rieusement dilaté.

L'autre revint bientôt, flanqué de trois compères, qu'il engagea à me contempler.

☐ Électro, plat. Encéphalo, plat. Et il se porte comme vous et moi !

☐ Ce sont les machines.

☐ Ce ne sont pas les machines. Écoute le cœur.

☐ On n'entend rien !

☐ Qu'est-ce que je te disais ? Ce type n'est pas normal.

Comme une bouffée de frousse-effroi leur gelait les influx, j'eus l'élan de témoigner de mon aménité.

☐ Coucou ! Je suis un extraterrestre.

Il y eut un long silence. Ma délicieuse gardait les lèvres soigneusement pincées pour ne pas rendre manifeste le frisson-rire qui torsadait ses fluides intimes. Puis le plus ancien des Fous présents, qui avait mandat de gouverner les autres et vers lequel convergeaient les regards, prit solennellement la parole.

☐ Nom de Dieu...

Il sortit de sa poche une très petite machine permettant aux Humains de faire voyager dans l'espace des formes-pensées émises par leur voix, et qu'ils nomment un « téléphone ». Ce biais lui permit d'en appeler à des Fous plus notables. Et c'est ainsi que moins de deux laps plus tard, j'étais escorté sans douceur vers un parage inconnu, tandis que ma toute adorée se trouvait emportée de son côté.

◻ Rejoins-moi dès que tu en as vu assez, eut-elle le temps de me souffler.

Ma destination était un lieu souterrain gardé par des « militaires ». Les Fous désignent ainsi ceux d'entre eux qui sont chargés de se préparer à la guerre, dans l'hypothèse où leurs voisins s'y prépareraient aussi. Un adage en vigueur sur cette planète dit en effet : « Si tu veux la paix, prépare la guerre », et cette spécialité humaine est donc toujours menée par deux camps qui ont identiquement voulu la paix.

C'est là que plusieurs de ces Fous éminents, qu'ils nomment « scientifiques », à l'aide d'étranges appareils où se dessinaient des effigies bariolées représentant l'intérieur de mon singe, firent subir à celui-ci une série d'examens. Ceux-ci révélèrent, à ma grande confusion, que la forme-animale que j'avais forgée en sondant les réserves-mémoire de mon aimée n'était pas exempte de tout reproche en ce qui concernait ses parties inapparentes.

◻ Ce type a un cœur au milieu de la poitrine, qui ne bat pas. Son sang ne circule pas. Il ne respire pas parce qu'il n'a pas de poumons. Il a un estomac, un gros intestin mais pas d'intestin grêle. Ni reins, ni foie, ni pancréas.

◻ Et il est en bonne santé ?

Sondant le scientifique le plus proche de moi, je

pus constater que ses notions concernant l'intérieur d'un corps humain étaient beaucoup plus précises que celles de ma vénérée-goûtée, et je m'empressai de corriger mes imprécisions.

☐ Attends ! Ce ne sont pas des reins, là ?

☐ Putain ! Ça n'était pas là il y a une minute...

☐ Tu es sûr ?

☐ Là ! Un poumon apparaît ! Un deuxième !

☐ Un troisième !

☐ Un troisième ?

Rectifiant mon erreur, je résorbai l'organe superfétatoire, et commençai à me pencher sur la « respiration ».

Le singe humain se comportant à la manière d'un être-mû, son automouvement nécessite un apport continuel en énergie, ce qui implique une aptitude à l'autonutrition. La respiration est précisément le processus par lequel un corps se procure sa nourriture la plus nécessaire, que les humains nomment « oxygène ». J'ordonnançai mon singe conformément à ce modèle, et le fis se nourrir de son environnement : des parties de cette pellicule de matière fluide qui entoure la planète, et que ses habitants nomment « atmosphère », se mirent à pénétrer régulièrement mon singe par l'intermédiaire de deux des sept orifices de ma face, et à gagner mes « poumons », organes dont la fonction est d'en extraire le précieux oxygène. Il me fallut disposer mon « cœur » à se contracter régulièrement pour envoyer dans toutes les parties de mon corps du « sang », car c'est ce dernier qui a pour mission d'acheminer les nutriments. Je m'aperçus alors que les efforts nécessaires à mon agrégat subtil pour tenir et mobiliser mon habitat de matière dense étaient nettement moindres qu'auparavant ! Celui-ci, grâce à l'autonutrition dont il était nouvellement capable, avait acquis une forme d'autonomie qui m'exonérait de bien des tâches. Je me sentais plus léger ! Poursuivant sur cette lancée, je me façonnai un système digestif en ordre de marche.

Les « scientifiques » qui m'entouraient étaient abasourdis-sonnés.

□ Le cœur bat ! Il respire !

□ Mais l'encéphalo est toujours aussi plat...

□ Bon sang... On dirait que ce type se métamorphose...

Un Humain fit alors son entrée, qui donnait à tout son corps une attitude très spécifique que les Fous nomment, selon les cas, impérieuse, dominatrice ou fanfaronne. C'était un général, et les autres se figèrent.

□ Je ne crois pas qu'il se métamorphose, émit l'homme.

□ Cependant, mon général, nous avons constaté que...

□ Laissez-moi seul avec lui.

Les scientifiques qui m'avaient étudié quittèrent illico-prestement la pièce.

□ Je me présente : général Moineux, docteur en neurobiologie humaine, professeur d'exobiologie et de psychologie extraterrestre au Centre d'étude des intelligences non identifiées, directeur du Bureau de vigilance « Invasion-Frères de l'Espace » auprès de la Direction générale de la sécurité extérieure.

□ Fluidifié-Jubilant de vous connaître. Je suis un Subtil.

□ Je n'en doute pas. Nous allons nous entendre. Ainsi vous êtes capable de dérégler nos machines.

□ En fait...

□ Vous ne voulez pas qu'on vous étudie.

□ Eh bien...

□ Et vous voulez qu'on comprenne que vous ne voulez pas qu'on vous étudie.

□ À vrai dire...

□ Tout en nous montrant clairement que vous venez d'ailleurs.

Renonçant à m'immiscer, je joignis mes deux lèvres et obturai mon clapet.

□ Ainsi, vous gardez tous vos atouts dans la manche, et vous attendez tranquillement que nous découvrions les nôtres... Bien joué.

Pour vous rendre intelligible ce curieux dialogue, mes compères Subtils, il est nécessaire que je vous délivre les résultats du sondage que je commandai aussitôt à mes inerties compétentes afin de déchiffrer les préméditations de ce général. Tout son discours reposait en fait sur une hypothèse, celle que j'étais soucieux de pratiquer la « dissimulation ». Les Humains signifient par là un acte spécifique à cette planète, consistant à soustraire des aspects d'eux-mêmes à la conscience d'un congénère. La possibilité d'une opération aussi farfelue-sidérante repose évidemment sur l'opacité dans laquelle les Fous se trouvent plongés par leur identification à un singe, laquelle a pour conséquence qu'ils ne perçoivent les uns des autres que les modifications de leur trame-intime que la grossièreté de leur corps parvient à signifier. Quant au délice d'un tel agissement, il se dérobe à mes espaces de clarté. Toujours est-il que cette aptitude à la dissimulation engendre le recours extrêmement fréquent, dans les relations entre Humains, à ce que ces derniers appellent des « stratégies ». Ils entendent par là le comportement qui permet de satisfaire ses attentes, et d'obtenir d'un compère ce que celui-ci ne désire pas donner en lui faisant croire qu'on ne désire pas ce qu'on attend de lui.

(Comment donc, demandera-t-on, les Fous ne se perdent-ils pas dans les méandres alambiqués-vicelards de telles sinuosités ? La réponse est qu'à l'ordinaire, ils s'y perdent.)

Ce général, supposant que je recourais à une stratégie, visait donc à me signifier qu'il l'avait découverte.

□ Vous le voyez : nous finirons par vous percer à jour... Si nous jouions plutôt cartes sur tables ? Vous êtes venu préparer l'humanité à un contact avec votre civilisation, n'est-ce pas ?

☐ C'est-à-dire...

☐ Sans doute estimez-vous que nous avons atteint un niveau scientifique et technologique suffisant pour dialoguer avec vous...

☐ Nous estimons plutôt que vous êtes ahuris-bornés comme un troupeau d'écouvillons, murmurai-je à part moi.

☐ Bien sûr, les vôtres ne constatent pas sans inquiétude la capacité destructive de certaines de nos technologies d'armement, et ont pour objectif de nous détourner d'un usage belliqueux de nos connaissances scientifiques...

☐ Ça, on s'en ballotte copieusement les ondulateurs.

☐ Et dans l'hypothèse où l'humanité renoncerait à ses armes de destruction massive, qui mettent en péril l'équilibre de cette planète, voire d'une partie du cosmos, vous seriez même, éventuellement, prêts à partager certaines des connaissances très avancées qui sont nécessairement les vôtres, puisque vous êtes capables de traverser l'espace intersidéral...

☐ C'est fatal...

☐ Ainsi entrerions-nous dans une ère de paix et de développement humain, fondée sur l'amicale et vigilante collaboration de nos frères de l'espace !

☐ Poil à la carcasse.

159

Le général, ayant fini son soliloque autistique, posa de nouveau son regard sur moi.

☐ Bientôt vous ne m'appartiendrez plus, dit-il avec mélancolie, car votre cas relève de décisions qui sont prises en très haut lieu. Pourrais-je cependant vous demander une faveur ?

☐ Je vous en conjure.

☐ À présent que nous avons établi des relations fondées sur la confiance, accepteriez-vous que je vous étudie ? Vous devez avoir un cerveau tout à fait fascinant...

☐ Avec délice.

☐ À la bonne heure !

Ma tête était encore reliée à cet appareil nommé encéphalo, dont le tracé était toujours aussi plat puisque, en m'inspirant des notions de mon aimée concernant le cerveau, je n'avais su me remplir le crâne que d'une informe matière grise.

☐ Auriez-vous la bonté de remettre cette machine en ordre de marche ?

Crépitant de lui être agréable, je sondai son agrégat dans le but de me forger un encéphale conforme à la représentation qu'il en avait. Cet organe est un peu plus compliqué que les autres, mais il ne me fallut pas longtemps pour façonner convenablement le cerveau reptilien, le système limbique et les deux hémisphères qui composent le néocortex, et pour mettre le tout en état d'être sillonné par les diverses substances et mouvements énergétiques qui assurent son fonctionnement normal. Un problème apparut pourtant. Je lisais dans les conceptions de ce scientifique que le cerveau entretenait un lien avec les pensées et les émotions des Humains. Désireux de coordonner les élans de mon agrégat subtil avec les mouvements de cette matière organisée, je cherchai dans ses mémoires quelle pouvait être la nature de l'attachement-correspondance de ce que les Fous nomment leur « âme » avec leur cerveau. Sans succès. Je le cuisinai-sondai donc :

☐ Pourriez-vous, s'il vous plaît, m'indiquer la manière dont votre âme se lie à l'organe qui lui sert de siège ?

☐ Je vois, vous me testez... Ne nous sous-estimez pas trop, mon cher. Il y a belle lurette que nous savons que l'âme n'existe pas !

☐ Vous croyez que c'est votre cerveau qui produit vos ressentis subtils ?

☐ Naturellement.

Comme il était fort loin de seulement pressentir l'absurdité de cette dernière proposition, je ne trouvai rien dans ses conceptions qui pût me fournir un indice quant à l'articulation réelle entre l'agrégat subtil de ces Consciences, et l'organe qui constitue sa principale attache au corps humain. Durant quelques laps, je laissai mes inerties compétentes éplucher-disséquer l'agencement-intime de cet Humain, en quête de la vision cristalline au sujet de cette énigme. Enfin, une compréhension me fut donnée de l'entrelacement de ce que les Fous nomment l'âme et le corps. Tandis que mon agrégat entreprenait de s'ajuster-entremêler à mon nouveau cerveau selon les lois que je venais de découvrir, je fus traversé par l'élan de communiquer à mon interlocuteur un peu de cette connaissance qu'il faisait profession d'ignorer. À cette fin, je sondai ses réserves-mémoire en quête d'un paradigme ajusté :

☐ Diriez-vous d'un poste de télévision qu'il produit ses propres émissions ?

☐ Non, il les reçoit. Mais...

☐ C'est exactement la même chose pour votre cerveau. L'hémisphère gauche accueille la partie de votre agrégat subtil qui organise les données que vous offrent vos cinq ouvertures sensorielles en cette totalité à peu près cohérente et commune que vous nommez le monde. L'hémisphère droit, quant à lui, sélectionne, parmi les élans-désirs et les verves créatrices de ce que vous appelez votre « âme », ceux et celles qui ont une utilité immédiate pour votre existence ordinaire. La fonction première de la partie supérieure de votre cerveau est d'ôter de votre conscience toute la vie de votre âme qui n'est pas utile à votre corps.

☐ Mon ami, je ne comprends pas un traître mot de ce galimatias, et je ne vois pas pourquoi vous vous payez ainsi ma tête. Vous n'allez pas me faire croire qu'une civilisation aussi avancée que la vôtre croit encore à ces histoires d'âmes !

☐ Chez nous, Subtils, c'est sur l'existence de ce que vous nommez la matière qu'existait un débat. Beaucoup n'y croyaient pas, non plus qu'à l'existence de la planète des... Enfin, de votre planète. Mais c'était avant mes premiers rapports...

☐ Cessons cette plaisanterie, voulez-vous ? Et arrêtez de dérégler cette mach... Ah ! Merci.

Un tracé vif-ardent et sinueux venait d'apparaître sur l'écran de l'encéphalo. L'amalgame-union de mon agrégat subtil et de mon cerveau étant effectif, le fonctionnement de mon corps était désormais tout entier régi par l'automatisme cérébral. Habiter ce singe qui se mobilisait tout seul devenait presque agréable.

☐ Il faudra que vous m'expliquiez quelle technologie vous employez pour contrôler nos appareils...

Le savant contemplait les résultats de son examen. Il redevint brusquement sombre-bougon.

☐ Ça suffit, maintenant ! Laissez cette machine fonctionner normalement !

☐ Je vous assure que...

☐ Ce tracé n'a aucun rapport avec celui d'un encéphalogramme, et vous le savez très bien.

☐ Oh ! Je vois...

☐ Vous voyez quoi ?

☐ Les tracés humains sont beaucoup plus stables... C'est que je n'ai pas activé le Rideau d'Oubli.

☐ Pardon ?

□ Vous autres Fous utilisez votre cerveau comme un crible, qui vous sépare de la totalité-merveille des fluctuations vibratoires. Vous ne pourriez survivre ici-bas si votre conscience était tournée vers le monde de l'âme...

□ Écoutez, je suis patient mais...

□ Pour ma part, n'ayant pas besoin du Rideau d'Oubli, je reste relié à l'ensemble des perceptions de mon agrégat subtil. Et comme celui-ci anime maintenant mon cerveau, cela donne ce tracé tout pétillant-vivace...

□ « Rideau d'Oubli », « agrégat subtil »... Arrêtez de me prendre pour un imbécile !

□ Il faut vous dire que je n'existe pas sur le même plan de réalité que le vôtre. Cette forme corporelle que vous avez devant vous est une illusion, et je peux la modifier à ma guise.

□ Finissons-en ! Je suis un scientifique, moi. Je crois ce que je vois.

□ Voyez.

Je métamorphosai mon aspect selon la première forme humaine qu'il me fut donné de rencontrer, et comme j'étais seul avec le général, celui-ci se trouva soudain face à sa propre image.

□ Aaaah !!!

Les Fous ont en fin de compte une certaine capacité de métamorphose, quoique très limitée, car le visage de mon vis-à-vis était devenu vert pâle. Comme je le percevais suffocant dans les affres d'un effroi-pagaille qui menaçait son agencement intime, je repris ma forme initiale.

☐ Ça ne va pas ? m'enquis-je.

☐ Si... Si !

Mais il n'avait pas l'air d'aller du tout, et je fis le tour de son bureau, avide de le réconforter. Alors que je m'apprêtais à lui donner une « caresse » (les Fous nomment ainsi une manifestation avancée de saveur-tendresse), il se trouva soudain mû par un intense recul-effroi.

☐ Ne me touchez pas !

☐ Comme vous voudrez...

☐ Je me suis laissé abuser. Vous n'êtes pas un extra-terrestre. Vous êtes un Fou.

☐ Je voulais juste vous montrer...

☐ Taisez-vous ! C'était une hallucination. Phéno-mène de contagion mentale. Très bien étudié. Très connu !

Il pressa sur un bouton posé sur son bureau.

☐ Vous vous êtes comporté en sujet inducteur. Juste une hallucination. Très brève.

Ainsi, quand les Fous qui ne croient que ce qu'ils voient voient quelque chose à quoi ils ne croient pas, ils disent qu'ils ont une « hallucination ».

Deux militaires firent irruption dans la pièce.

☐ Ce type est un dangereux schizophrène. Emme-nez-le, et faites attention.

La planète des Fous

En ayant assez appris, et chaviré-ravi par l'élan de retrouver mon étincelante aimée, j'échappai aux mains qui voulaient me saisir en m'élevant doucement dans les airs et, tandis que les Humains mâles qui me cernaient préféraient sombrer pour un temps dans l'oubli, j'enjambai la fenêtre et m'envolai joyeusement jusqu'à elle.

Rapport 27

L'accueil de ma limpide fut épris-fervent. Elle enroula ses bras autour du cou de mon singe et se pressa-coula tout contre lui telle une liane-aimante, comme si elle voulait traverser la double adversité de nos deux corps pour se mêler à moi.

☐ Tu m'as manqué.

☐ Toi aussi.

Son élan-désir éveillait en moi l'appétit de fusionner.

☐ Si nous quittions quelques instant ces deux vêtements de chair, afin de nous mêler-unir ?

☐ Il ne faut pas.

☐ Démone-allumeuse !

☐ Mais il y a une autre manière...

☐ Laquelle ?

☐ Nous allons faire comme les Humains. Déshabille-toi.

D'un éclair-pensée, je fis disparaître les habits qui enveloppaient mon singe, et celui-ci se trouva nu.

☐ Tu t'es plutôt bien bâti, émit-elle d'un air égrillard-approbateur.

☐ Merci. Comment faut-il procéder ?

☐ Laisse-moi faire.

Elle se déshabilla lentement. Les courbes de son corps étaient plus douces-ensorcelantes que l'onguent-mélopée d'un Dérideur, et je sentis dans mes deux mains de mâle humain se concentrer l'élan d'en explorer les galbes. Je n'eus pas le temps de m'étonner de la sensation neuve d'habiter soudain plus en profondeur ma dimension charnelle car, déjà nue, ma troublante aimée s'était approchée de moi, et ses mains à elle parcouraient ma peau. Son agrégat subtil irriguait si totalement sa chair qu'il me semblait qu'il invitait le mien à s'unir à lui à travers nos deux corps. J'aurais voulu répondre à cet appel, pénétrer tout entière cette matière vivante et rallier ma brûlante aimée. Mais ce chemin vers elle était un gouffre opaque et dense, un chaos d'ombres où je risquais ma perte. Saisi par le pur-effroi, j'ai reculé devant la pression sombre, et me suis résigné à demeurer loin d'elle.

☐ Ça ne te fait aucun effet ?

Sondant ses pensées, je pris conscience qu'elle attendait de la part de mon singe une réaction très spécifique à ses caresses, que les Fous nomment « érection », et qui consiste dans un allongement de l'appendice médian qui tient lieu de sexe à tous les humains mâles. Désireux de la satisfaire, je le fis grandir sous ses doigts.

□ Mmmh !

Toute lascive-enjouée, elle bichonnait-gâtait amoureusement la verge de mon singe, à laquelle je m'efforçais de donner la forme qu'elle attendait. Ayant constaté que l'augmentation de son bonheur était à la mesure de celui de l'objet, je ne vis tout d'abord aucune raison de mettre un terme au processus. Mais bientôt sa bouche s'ouvrit vers le bas dans une expression qui traduit ici-bas la stupéfaction.

□ Mon Dieu !

□ Qu'y a-t-il ?

□ Arrête !

□ Pourquoi ?

L'organe m'arrivait au menton, et je lus en elle que cette dimension était en effet très excessive eu égard aux habitudes humaines et à l'usage ordinaire de l'objet. Je le ramenai à une taille plus traditionnelle, quoique encore tout à fait respectable. Me poussant du bout des doigts, ma câline-amante me dirigea jusqu'au pied de son lit sur lequel elle me fit étendre.

Un rapide sondage de ses réserves-mémoire m'apprit tout ce qu'un homme doit savoir sur les désirs d'une femme, et je m'employai dès lors à satisfaire ceux-ci. Après les longs préliminaires d'usage, composés de différents frottements des deux singes l'un contre l'autre, nous nous retrouvâmes dans la situation à propos de laquelle les Fous parlent d'acte sexuel au sens strict. La polarité Accueil est inscrite dans le corps féminin sous la forme d'un sexe de valeur concave-ouverte, dont la fonction est de recevoir celui de l'homme. Ayant introduit la chose que les Humains nomment également bitte, phallus, braquemart, zizi, zob ou zigounette dans la chatte du singe de mon aimée (les Fous recourent à la même notion pour désigner un petit animal carnivore et griffu et le sexe féminin), j'étais occupé à y secouer-mouvoir cet appendice dans diverses positions, selon les coutumes en vigueur, tout en émettant les grognements qui sont ici la marque usuelle de la satisfaction masculine, lorsqu'elle m'interrompit :

☐ Arrête !

☐ Pourquoi ?

☐ Tu fais semblant !

☐ Semblant de quoi ?

☐ D'éprouver du plaisir !

☐ Je m'efforce juste de procéder conformément à tes représentations.

☐ Mais c'est horrible !

☐ Pourquoi ?

☐ On ne fait pas l'amour pour ça.

☐ Il est vrai que je n'ai pas bien saisi pourquoi les Fous font l'amour.

Elle se détacha de moi et instaura une distance entre nos deux singes.

☐ Il faut que tu t'incarnes.

☐ D'accord ! Comment fait-on ?

Elle prit ma main dans la sienne.

□ Rejoins-moi.

□ Où ?

□ Dans ma main. Sens-moi.

□ Nos corps font obstacle.

□ Non. Je suis tout entière dans ma main. Et je sens la tienne. Mais toi, tu n'es pas là. Viens.

□ Ce corps, pour moi, est un mur épais...

□ Traverse-le. Viens jusqu'à moi.

Assourdi, lointain, j'éprouvais à travers l'obstacle de ma chair l'appel-aimant de son désir, et ma trame-intime palpitait de l'élan d'y répondre. Mais il fallait pénétrer les ténèbres de cette matière dense, abandonner l'infinie délicatesse de mon frémissement au chaos sombre-caverneux des paliers d'abjection... Un soubresaut de pur-effroi m'ébranla de nouveau tout entier. J'allais me retirer, quand elle cria de joie :

□ Je te sens !

La partie de mon agrégat subtil qui animait ma main s'était frayé d'elle-même, dans ces compacités charnelles, une pénible voie vers elle et c'était vrai, je la percevais ! Sa présence, tout entière donnée dans le moindre frisson de sa peau, j'en pressentais la délectable offrande à travers l'amas-magma gourd-inerte de ma matière.

Et soudain, merveille ! Nos agrégats subtils se mêlèrent à travers nos deux mains réunies ! Nos fluides circulaient librement de sa substance à la mienne, de la mienne à la sienne !

☐ Te sentir ! Quel délice... Mais je ne vais pas pouvoir tenir...

☐ Pourquoi ?

☐ Cette matière m'enserre, m'oppresse, me comprime. Tout est comme appesanti, ralenti. Étranglement, suffocation. Lourdeur... Extinction de toute ardeur... Ah, quel étrange supplice !

☐ C'est suffisant pour une première expérience.

Elle retira sa main. Je me retirai de la mienne. La douleur reflua. Mais aussitôt, un cruel accablement-carence s'empara de tout mon être. Sa saveur me manquait déjà. Le délice d'éprouver sa sève et d'être uni à elle, que je n'avais pas su goûter à l'instant où il se donnait, les profondeurs de ma moelle intime l'exigeaient à présent. Quel qu'en soit le prix, je la voulais. Et puisqu'elle refusait ma condition, alors je partagerais la sienne !

☐ Je veux m'unir à toi. M'incarner totalement.

☐ Sais-tu qu'aucun Humain n'est incarné totalement ?

☐ Toi, tu l'es.

☐ Pas encore. Pas totalement.

☐ Comment s'incarne-t-on ?

☐ Il faut être ici, et pas ailleurs.

☐ Où ?

☐ Au cœur du chaos. Là où ça souffre. Là où ça

172

jouit. Au plus fort de la peur, au plus vivant du désir. Dans le présent du corps.

Un vertige me saisit.

□ Tu veux dire qu'il convient de se limiter totalement aux perceptions de ce plan ?

□ Oui.

□ Me couper de la totalité-merveille des fluctuations vibratoires ? Ne rien accueillir d'autre que ce que les cinq sens donnent à connaître ?

□ Rien d'autre.

□ Et ne plus lire en ton âme ?

□ Non.

□ Activer le Rideau d'Oubli ? Divorcer de moi-même et plonger dans les ténèbres de l'égarement-cécité ?

□ Cela aussi.

□ C'est vivre une vie d'Humain...

□ Je ne te demande pas cela.

□ Ou être séparé de toi...

□ Ma mort nous réunira.

□ La vie ne nous séparera pas !

Ma décision était prise. Fermant mes yeux de chair, en état de noblesse ultime je me préparai à la culbute effroyable dans l'impénétrable.

□ Que fais-tu ?

□ Je te rejoins dans l'autre monde.

□ L'autre monde ?

□ Le tien.

Je commandai à mon cerveau de filtrer mes perceptions selon les lois qui régissent ce plan de réalité. Je limitai le champ de mes impressions subtiles aux fenêtres vibratoires qui correspondent aux ouvertures sensorielles humaines. Et je fus plongé dans une presque totale opacité.

Un long hurlement s'échappa de mon singe.

Mon aimée se serra contre moi.

☐ Je t'en prie, ne te mets pas en danger !

L'embrasure insatiable du néant menaçait partout de m'engloutir. Pour lui échapper, je m'accrochai aux maigres perceptions qui s'offraient encore à moi. Le monde environnant gagnait en consistance. Mon aimée, dont je ne percevais plus que la forme corporelle, m'apparaissait étrangère et lointaine. Comme elle se serrait contre moi, je sentis pourtant mon agrégat, à travers la densité de mon corps, se mouvoir à sa rencontre avec une fluidité nouvelle. Ma substance subtile, n'étant plus diluée dans l'immense étendue des fluctuations vibratoires, mais désormais resserrée sur elle-même et comme intensifiée, pénétrait plus aisément ce corps aux dimensions duquel elle s'était réduite. Sa peau contre la mienne frémissait de sa présence et de sa vérité, aimantant mes souffles intimes, appelant mes sensations vers les siennes. Nous allions entrer en contact, quand soudain... Un orage de mémoires s'abattit sur moi, m'arrachant à l'âpre bénédiction de l'instant ! C'étaient mes joies passées

174

qui surgissaient, mille formes-images de mes métamorphoses anciennes – toutes les merveilles familières de mon existence de Subtil qui déferlaient, voix sorties de la Sainte Amnésie pour me sauver de mon désir, me ramener à moi-même sur les traverses du regret, les sentiers du trop-connu... Non ! Un sursaut-sédition me parcourut. Me perdre ! Me perdre dans le Tout-Nouveau, plonger dans le Tout-Autre, m'élancer où je ne sais pas ! Achevant méthodiquement l'attachement de mon agrégat subtil à mon cerveau, j'activai le Rideau d'Oubli.

Ce fut le noir.

Je ne savais plus qui j'étais.

Ma seule lumière était l'élan qui traversait ces ténèbres pour m'emmener vers ma trop désirée, mes seuls repères étaient les sensations qui se donnaient à ma conscience à travers le singe opaque à l'intérieur duquel j'étais prisonnier. L'immensité de mes facultés perceptives étant concentrée sur un champ vibratoire incroyablement limité, chaque impression sensorielle s'offrait avec une insoutenable intensité. Le toucher de sa peau, les contours de son corps, sa voix qui voulait me rassurer, l'âcre et piquant vertige de son odeur... Cette chair offerte à la mienne, enveloppant la mienne et m'appelant à me mêler à son frémissement, c'était elle ! Je ne sais comment, mon sexe, où se concentraient les plus fines de mes sensations, avait pénétré le sien et s'y mouvait lentement, nos trames-

intimes s'enlaçaient de leur propre mouvement à travers nos deux corps devenus transparents. Nous fai-
sions l'amour.

Et nous fûmes un.

Comment décrire cela ? Dans la prodigieuse intensité de l'incarnation, c'est un délice et un tourment
au-delà de tout ce que nous connaissons, au-delà de
tout ce que je suis capable de vous donner à pressentir.

Ce fut trop.

Je n'y résistai pas.

Au moment où, perdu en elle, je ne voulais plus
rien qu'être à tout jamais cette chair qui me donnait
son être aussi absolument, une terrifiante contrac-
tion d'agonie-douleur me suffoqua soudain. Rivée
à ce corps dont elle avait épousé l'obscurité, ma
Conscience, durant un temps très bref mais qui sembla
ne jamais finir, se trouva totalement coupée d'elle-
même, et comme perdue à jamais dans l'immensité
terne et vide du Rien.

Frères Subtils, à cet instant je connus ce qu'aucun
Subtil ne vécut jamais : la terreur de l'annulation.

Ne se connaissant plus elle-même, ma Conscience
ne s'éprouvait plus que comme une lutte désespérée
contre ce néant qui la bordait de toutes parts, et cet
état, que les Humains mettent toutes leurs forces à
repousser, est en effet tellement insupportable que
j'aurais préféré ne jamais avoir été que de le vivre un
instant de plus.

Par la grâce infinie du Feu-Mystère, mon agrégat subtil, mû par l'élan du désespoir, se trouva capable alors de parcourir en sens inverse le difficile chemin de l'incarnation, et de s'arracher à l'emprise de ce monstre d'oppression vorace qu'est un corps humain.

Entre les bras de mon aimée, ma forme charnelle fut soudain désertée de ma présence.

Quant à moi, flottant entre deux mondes, je sombrai dans les profondeurs de l'Oubli.

Durant des jours, ce corps abandonné reposa sur mon lit. Durant des jours je le veillai, guettant en lui et hors de lui le moindre signe de la présence de mon bien-aimé. Durant des jours et des nuits je l'appelai, redoutant le pire sans pouvoir donner à celui-ci la moindre forme connue, moi qui ne savais rien de ce qui pouvait menacer un être aussi étranger, différent – pourtant tellement proche, intime, mon semblable au-delà des formes, mon frère dans l'invisible.

Mon amant, dans l'aventure de cette chair qui était pour lui le plus grand des périls.

Durant des jours et des nuits, je l'attendis.

Reviendrait-il ? Avait-il déserté pour toujours ce corps qui reposait là, sans donner aucun signe de vie ni aucun signe de mort, ce corps qui ne respirait pas, qui ne pourrissait pas, figé comme dans un mauvais rêve ou par un mauvais sort...

Je l'attendais.

La planète des Fous

Au début d'un soir, il était là. Ce fut d'abord une paupière qui trembla, tressaillement fugace, imperceptible. Quelques minutes, silencieuse, je contemplai ses pénibles efforts pour animer ce corps auquel il revenait sans joie, comme l'animal au maître qui l'a blessé. Enfin il put me regarder. Il me sourit.

□ Je sais ce que c'est, murmura-t-il.

□ Quoi ?

□ Être humain.

Rapport 28

Mes chers compères, qui de si loin suivez assidû-
ment mes aventures, et vous, mes vénérables Manda-
taires, c'est avec un centre-cœur dilaté de gratitude
que j'accuse bonne réception de votre nouvelle Mise
en Garde solennelle. Car celle-ci, exempte du moindre
blâme, témoigne à mon égard d'une sollicitude et
d'une bienveillance qui m'auraient liquéfié d'éland-
délice si je n'y captais aussi la sourde inquiétude qui
vous opacifie les fluides.

Il est vrai que ma dernière expérience repousse très
loin les limites de ce que nous pensions qu'un Subtil
pouvait tolérer en terme d'oppression annulatoire. Il
est vrai aussi qu'après avoir frayé avec les Forces du
Chaos et subi la menace-alarme de l'extinction-dissolution, recouvrer les bases de mon agencement fut plus
difficile-incertain que je n'aurais pu me le représenter.
Il est vrai encore que le danger de Disparition ne peut
être exclu, lorsque l'on se hasarde en des abysses aussi
sombres-funestes.

Mais ne serez-vous pas les premiers à reconnaître que l'état de noblesse requiert en toute chose d'aller en direction du Tout-Nouveau ? La suprême métamorphose, pour un Subtil, ne consiste-t-elle pas dans celle qui le change en l'être le plus contraire à sa propre nature, celui qui ne peut se métamorphoser ? L'humanité n'est-elle pas, pour un Subtil, l'ultime horizon de noblesse ?

En outre, et aussi scandaleux cela vous semblera-t-il, je dois à la vérité de vous communiquer que les instants qui ont précédé ma terrible expérience du grand Chaos-Néant furent les plus puissants, les plus extrêmes et les plus délicieux de ceux que j'ai le souvenir d'avoir jamais vécu. Si la chair n'était pas le lieu où une Conscience se sépare d'elle-même et perd le contact avec sa nature infinie, si elle n'était pas l'occasion de la plus terrifiante des tribulations, celle où elle s'éprouve comme le contraire d'elle-même, tous les êtres qui peuplent les dix mille univers n'aspireraient qu'à en vivre l'expérience. Car il n'est nulle part que je connaisse où la vie se donne avec une telle intensité.

Je désire néanmoins vous rassurer. Échaudé par les dangers encourus, conscient de n'avoir échappé au dernier des périls que par une grâce de l'aléa qui ne se donnera peut-être pas deux fois, je n'ai plus l'élan de défier le Prince des Ricaneurs en me risquant dans le Tout-Inconnu. De son côté, ma sublimité, sortie des affres d'une terrible angoisse concernant mon sort, a enfin répondu favorablement à ma proposition maintes fois réitérée : je vais lui enseigner à sortir consciemment de son corps, et l'emmener en périple dans les dimensions subtiles. Et je ne doute pas qu'une artiste comme elle ne pourra qu'être éblouie-sidérée par les possibilités de création qu'offre un monde de perpétuelles métamorphoses. M'y ayant suivi une fois, elle n'aura de cesse que d'y retourner. Et son goût pour la condition qui lui est familière s'estompant peu à peu, ne finira-t-elle pas par désirer me suivre pour toujours ? Ainsi reviendrai-je de mon ultime pérégrination nanti pour compagne de la plus merveilleuse des indigènes, et je compte bien sur vous tous pour lui réserver un accueil digne de sa splendeur !

Rapport 29

Je l'ai allongée sur son lit, lui ai demandé de détendre son corps et d'être attentive au rythme de sa respiration et aux battements de son cœur. Quand elle fut tout apaisée, je me suis extrait de mon singe et me suis présenté à elle en reproduisant à l'état subtil la forme de mon corps de chair. Matérialisant une sphère de lumière devant ses yeux, la faisant tournoyer lentement de manière à nettoyer son centre-vision de toute pensée, je l'ai plongée dans un état de disponibilité-léthargie propice à une opération au cœur de sa trame-intime. Ses yeux se sont fermés, sa respiration est devenue lente et comme imperceptible, son agrégat subtil, vacant de tout vouloir, s'est ouvert à la libre-caresse des quatre vents du monde. À travers sa chair, j'ai doucement pénétré sa substance, et déconnecté un à un les liens qui l'attachaient à son corps. Elle est lentement sortie de celui-ci par le milieu du ventre, et s'est retrouvée face à moi, toute frémissante-émoustillée.

□ Voilà ton état normal.

□ Que veux-tu dire ?

□ C'est ainsi que tu étais avant de te laisser engloutir dans les ténèbres de ton corps. Et c'est ainsi que tu te retrouveras juste après ce que tu considères comme ta mort.

Une ombre d'inquiétude obscurcit son agrégat.

□ Pourrai-je réintégrer mon corps ?

□ Rassure-toi. Il est simplement endormi. Il t'attend. Comment te sens-tu ?

□ Merveilleusement bien ! Si légère... C'est comme si je pouvais voler.

□ Tu le peux.

Instantanément, mue par la seule représentation née de mon affirmation, elle s'éleva jusqu'au plafond.

□ Seigneur ! Comment se fait-il ?

□ Ici, la moindre de tes pensées est créatrice.

□ Alors, si je veux être au sommet de la tour Eiffel...

Elle disparut aussitôt de ma vue. Du même élan, je la rejoignis au sommet d'une haute construction métallique et pointue qui dominait cette ville nommée Paris.

□ C'est fabuleux !

□ Laisse-moi m'arrimer à toi, si tu ne veux pas me semer !

□ Volons !

Enlacés, nous nous mîmes à planer au-dessus de la ville immense, tantôt parcourant à grande allure les rues et les boulevards en frôlant les passants, tantôt tournoyant au-dessus des buildings, nous posant çà et là le temps de contempler quelque panorama... Ivre d'espace et de libre-folie, mon exaltée rayonnait de ferveur-engouement.

☐ Suis-moi !

☐ Où va-t-on ?

☐ Faire le tour du monde !

Elle m'emmena par-delà les océans, me fit voir les Amériques, les Bermudes et les Galapagos, nous survolâmes Hawaii, Honolulu, Funafuti, croisâmes Pago Pago, Nuku'Alofa, remontâmes par l'Australie jusqu'à Kuala Lumpur, fîmes un tour à Rangoon, nous arrêtâmes à Pékin, remontâmes par Oulan-Bator, Novosibirsk et Volgograd jusqu'à Saint-Pétersbourg, visitâmes Erevan, nous perdîmes à Beyrouth, et par Assouan, Khartoum et Libreville aboutîmes à Ouagadougou, où nous nous reposâmes. Ensuite elle eut envie de Reykjavik, et me montra des phoques au large de Bergen.

☐ Ouf, me dit-elle. Et maintenant ?

Nous étions sur un petit nuage, et celui-ci nous portait doucement en direction du sud. Son agrégat subtil était tout près du mien, il aurait suffi que je dilate un peu mes fluides périphériques pour effleurer ses parties suaves, et j'en mourais d'élan-désir.

☐ Pourquoi ton être est-il soudain si rouge-incandescent ? me demanda-t-elle, toute frémissante.

185

□ C'est l'élan de me mêler à toi. Comme avant...

□ Avant ?

□ Quand nous nous rencontrions durant tes rêves. Le Rideau d'Oubli ne t'en a laissé aucun souvenir. Mais ta trame-intime en a gardé l'empreinte !

Je soufflai vers elle une onde d'effleurement-tendresse qui l'enveloppa tout entière de vibration-douceur.

□ C'est comme si tu me caressais de l'intérieur !

□ Dans la dimension subtile, il n'y a ni intérieur ni extérieur, émis-je en l'enlaçant.

□ Viens en moi.

□ Et toi en moi.

En état de total accueil-abandon, nous pénétrâmes lentement l'un dans l'autre. Dans un grand tourbillon-flamboiement de couleurs-lumières, nos agrégats fusionnèrent, et nos deux êtres ne furent plus qu'une seule flamme-aimante.

C'est ainsi que nous connûmes à nouveau ce suprême délice que nous avions partagé si souvent, et dont j'étais sevré depuis si longtemps ! Mais pour elle, c'était comme une première fois. Et quand, bien plus tard, nous nous déliâmes lentement l'un de l'autre, tout son être baignait dans la saveur-sourire d'une profonde sérénité-silence.

□ Merci, émit-elle. C'était beau.

□ Ça t'a plu ?

Elle éclata de rire.

☐ Vous êtes tous les mêmes !

☐ Que veux-tu dire ?

☐ Tu ne peux pas comprendre.

☐ Je me réjouis que tu goûtes enfin ce monde en pleine conscience. La vraie vie est ici.

☐ Crois-tu ?

☐ Tu doutes encore ? Alors viens avec moi !

☐ Où ?

☐ Dans le monde des métamorphoses.

Elle me suivit. La transition entre les deux plans est assurée par un tunnel d'opacité durant la traversée duquel, un peu tremblante, elle s'accrocha à moi avec une fougue délicieuse. Puis nous nous retrouvâmes là où nous avions fait connaissance, dans cet univers des métamorphoses que les Humains ignorent en général car, n'y accédant normalement que quand ils rêvent ou qu'ils sont morts, dans le premier cas le Rideau d'Oubli ne leur en laisse qu'un souvenir voilé et contrefait, et dans le deuxième ils n'ont plus l'occasion d'en donner témoignage. C'est ainsi qu'elle découvrait à l'état lucide cette dimension qu'elle avait tant de fois visitée durant son sommeil.

Immédiatement, je m'attachai à produire à son intention un foisonnement-bacchanale de chatoiement-couleur qui l'ensorcela-scotcha dans un total éblouissement. Après cette habile captation d'élan-désir, je l'environnai d'un large rêve-habitable de clarté douce, peuplé de formes-aimantes au souffle savoureux, dans lequel je l'invitai à entrer. En état de totale confiance-abandon et dilatée d'émerveillement-candeur, elle entreprit en ma compagnie d'y musarder.

□ Quelle beauté ! C'est comme si nous nous promenions dans une œuvre d'art vivante...

□ Mon monde est une œuvre d'art vivante ! Tu peux le contempler, t'y déplacer... Tu peux aussi en être l'artiste.

□ Comment ?

□ Il te suffit de le vouloir. Ici, la matière est désir. Elle entre en résonance avec la moindre intention de ton âme, et se modèle en conformité avec elle.

□ Tu veux dire que... Oh !

Nous nous trouvâmes soudain dans un vaste désert couvert de silence et de nuit, baigné de clarté lunaire et irrigué d'une harmonie-sourire issue des profondeurs de la Source-Mystère.

□ C'est moi qui...

□ C'est une image de ton âme. Tu t'es mise en amitié avec matière-désir, elle te répond.

□ Ainsi, sur ce plan, la pensée est créatrice !

□ Sur le tien aussi.

□ Sur le mien ?

□ Chacun des univers est un reflet des âmes qui le peuplent. Le monde humain ne fait pas exception.

Son agrégat subtil, envahi par une sourde tristesse, s'assombrit soudainement.

□ Alors l'Humanité doit être bien malade...

188

☐ Je ne te le fais pas dire. Mais il faut préciser qu'ici, il est beaucoup plus facile de prendre conscience du lien qui existe entre l'état de notre être et le monde que nous secrétons.

☐ Pourquoi ?

☐ Regarde autour de toi.

L'atmosphère avait changé. Venue de nulle part, une chape de ténèbres-douleur recouvrait lentement tout l'horizon, charriant mille rafales hurlantes de chaos-blizzard qui bientôt, dans d'insupportables stridences, nous traversèrent en nous glaçant.

☐ Que se passe-t-il ?

☐ Telle est l'ambiance issue des profondeurs de ta désolation.

☐ Mon Dieu...

Se recueillant en elle-même, elle se laissa traverser par la vague de sa détresse. Les ténèbres se dissipaient lentement à mesure que celle-ci s'en allait.

☐ Tu le vois, émis-je, ici, l'action des âmes sur le milieu est immédiatement manifeste. Ce n'est pas le cas chez vous. C'est pourquoi aucun Fou n'est conscient que son état intérieur est créateur de l'univers qu'il habite.

☐ J'ai toujours senti que ce n'est qu'en changeant son cœur que l'on changerait le monde.

☐ Maintenant tu sais pourquoi.

Elle était encore tout absorbée-songeuse. Avide de la dérider, je façonnai à son intention un rêve-univers à tiroirs et doubles fonds tout hilarant-cocasse, sillonné d'histrions-baladins, de pantins-malices et de pitres-escamoteurs. Elle passait d'un plan à un autre toute dilatée d'un ample frisson-rire, et je décidai de pousser mon avantage.

□ À toi, maintenant !

□ De quoi faire ?

□ De jouer avec la matière subtile !

□ Comment ?

□ Crée ! Tout l'espace n'aspire qu'à entrer en métamorphose !

Hésitante, elle prit d'abord un temps pour concentrer son énergie. Plusieurs laps s'écoulèrent sans qu'elle n'entreprît rien et je m'apprêtais à lui souffler quelques recommandations quand, soudain, l'environnement fut métamorphosé. Et voici, je me trouve entraîné avec elle dans une symphonie magique de sons-couleurs dont la splendeur est digne de nos plus grands Maîtres des Berlues ! Quel brio ! Elle, la vierge-novice, tout éperdue-frémissante, avec quelle aisance n'apprivoise-t-elle pas la fluidité vivante de la matière subtile ! La voilà qui se lance dans une improvisation sauvage et magistrale, annihilant chaque univers né de sa libre-folie aussitôt celui-ci créé pour laisser place immaculée au surgissement d'un autre... Entraîné de beauté en beauté par le rythme effréné de sa frénésie créatrice, je me laisse ouvrir mille univers-merveilles par la verve sacrée de son regard-élan !

Puis elle dissipa le dernier-né de ses vivant-délires, et se reposa. Son agrégat subtil était paisible et dilaté. Je m'approchai d'elle.

□ Quelle jubilation ! rit-elle.

□ Comme la matière subtile t'est familière ! Si vite et si bien, tu as su maîtriser les arcanes des métamorphoses... Tu es des nôtres !

□ Je ne sais pas...

□ Tu n'es pas convaincue ?

□ De quoi veux-tu me convaincre ?

□ Que ce monde est le tien !

□ Je suis humaine.

□ Par le Suprême Chaos ! Qu'est-ce qui peut bien t'attacher à une si triste condition ?

□ Rien ne m'y attache.

□ Alors je te le demande : renonce à la planète des Fous !

□ Je ne suis pas allée au bout de cette folie-là.

□ Contemple les espaces que j'offre à ton élan-désir ! N'est-ce pas merveille, pour une artiste humaine, un monde où la matière t'obéit ? Tu m'as tant parlé des souffrances inhérentes à la création... Ici, rien ne résiste ! On peut tout ce qu'on veut !

□ Justement.

□ Que veux-tu dire ?

□ On ne peut *que* ce qu'on veut.

Désemparé, je gardai le silence, tentant de pénétrer l'abîme de ses vues. En vain. C'était une étrangère, étanche, indéchiffrable, qui me contemplait avec un amour immense, mêlé d'un insondable chagrin.

□ Ton monde est magnifique. J'y ai aussi mes racines. Et comme il m'attire... Si tu savais quelle tentation il représente pour tout Humain !

□ Alors !

□ Mon désir n'est pas ici.

□ Comment est-ce possible !

□ Je suis une artiste.

□ Mais nous sommes ici dans le monde de l'art total ! Il n'y a pas de limites !

□ L'art ne vit que de limites.

□ Ineptie-divagation !

□ Veux-tu me comprendre ?

□ Je m'en sens incapable.

□ Désires-tu que je t'enseigne ce mystère ? Le secret de l'humain... Le désires-tu ?

□ Tu ne veux pas demeurer ici ?

□ Non.

□ Je ne peux exister sans toi.

Mes frères, mes bien-aimés, oui, c'est ainsi, je l'ai suivie.

Je le sais trop bien, il m'est impossible d'alléguer les devoirs de ma mission pour justifier l'élan qui m'a saisi. C'est une force que nous Subtils ne connaissons pas, à laquelle je n'étais pas préparé, à laquelle je n'ai pu résister. Cette Humaine me possède.

Oui, je me suis perdu. De nouveau j'ai plongé avec elle dans les douleurs de la condition charnelle. Et c'est là qu'elle m'a fait découvrir l'inconcevable. Mes frères, mes bien-aimés, ce qui suit ne va pas vous réjouir. Je vous en conjure, demeurez dans la verve-insouciance, n'ouvrez pas vos concavités-lumières à mes prochains rapports. Je ne vous les envoie que par soumission-déférence à mes serments de Premier Découvreur, et n'en espère aucune fécondité. Il ne tiendrait qu'à moi, je ne m'adresserais plus à vous que pour vous implorer de m'oublier.

Oubliez-moi.

Notre corps de matière est soumis à de nombreuses contraintes : la pesanteur, qui limite considérablement sa capacité de mouvement, les nécessités vitales qui bornent ses forces et l'inclinent à des comportements automatiques, et par-dessus tout la souffrance qui le traverse, sous les multiples formes qu'elle sait revêtir. Dans la dimension que mon compagnon me donnait à découvrir, il n'y avait rien de tout cela. Ayant quitté mon corps de chair, j'existais néanmoins sous la forme d'un autre corps qui, lui étant semblable quant à l'apparence, se trouvait pourtant doté de propriétés fort différentes : léger, subtil, il se laissait mouvoir dans n'importe quelle direction par la plus petite intention. Ses capacités de perception étaient bien plus étendues. Des couleurs inconnues, des sons inouïs me traversaient et, dans cette extraordinaire richesse esthétique, chaque impression, apparaissant et disparaissant dans un flux de nuances incessamment renouvelé, était comme affectée d'une qualité émotionnelle particulière, incroyablement délicate et puissante à la fois. Ce corps qui n'en est pas un et que X appelle « agrégat subtil », cette âme que nous sommes et qui n'est pas immatérielle, mais faite d'une matière extrêmement fine, mouvante et fluide, est le réceptacle d'un flux intarissable d'émotions-sensations – et ici, quoique maladroitement, je n'ai pu éviter de recourir au procédé cher à X, réunir deux de nos mots en un seul pour donner à sentir dans leur unité et leur mouvement vivant des qualités que notre langage a pris l'habitude de figer et de séparer.

Et lorsque, sur ce plan, deux êtres, libres de l'obstacle que constitue la densité de leur matière, unissent le frémissement qui les anime dans un acte d'amour, c'est une extase d'une saveur et d'une douceur inconcevables dans la condition incarnée. Lorsque j'ai fusionné avec X, durant un temps qui ne semblait plus passer, nous n'étions véritablement plus distincts. Ce n'était plus moi, ce n'était plus lui, toute limite semblait abolie. Sa présence, l'atmosphère de son être, sa substance intime étaient tout entières en moi. J'étais lui, il était moi. Et c'était un bonheur qu'il n'est pas de mots pour décrire.

Cependant, il me faut le dire aussi, j'ai émergé de cette expérience avec un autre sentiment : que ce bonheur-là n'est pas celui auquel j'aspire. Être un avec celui qu'on aime est une plénitude magnifique, et peut-être le rêve humain le plus vivace depuis le commencement des temps. *Mais la vocation de l'humanité n'est-elle pas de renoncer à ses rêves ? Car c'est peut-être nous qui sommes rêvés... Dans la plénitude de la fusion amoureuse, où le bien-être est total, où le temps, dilaté comme à l'infini, semble arrêté, la vie elle-même paraît avoir trouvé son terme et son repos dans une mort bienheureuse. Il manque alors au vivant une intensité qui lui est nécessaire, et qui est celle du manque, l'âpre merveille de la séparation – l'espace même du désir. L'intensité à peine supportable de la chair, quand deux amants plongent irrémédiablement dans ce qui les sépare dans l'espoir insensé de ne plus être deux.*

Quant au monde des métamorphoses, qui est véritablement, pourrait-on dire, la patrie de X, comment le donner seulement à pressentir ? Il est fait d'une inimaginable substance, que je ne peux qualifier que d'un seul mot : vivante. Sans cesse en mouvement, fluctuante, insaisissable, et en même temps merveilleusement docile, répondant de manière immédiate à la moindre intention créatrice, elle fait de l'être qui l'habite un créateur de mondes. Il suffit de forger dans sa pensée une image pour que celle-ci soit aussitôt réelle. Rien ne résiste, et c'est une impression formidable de puissance, une puissance que rien ne vient limiter : dans la dimension de X, on est Dieu.

Je n'ignore pas ce que peut avoir de fascinant un monde où l'obstacle n'existe pas, ni le manque, ni la souffrance, ni la mort, où l'on est tout-puissant. *Je sais qu'un tel monde est le rêve de notre temps. Mais au contraire de ce qu'a cru X, ce ne peut être le rêve d'un véritable artiste. Quand on a goûté la merveille de l'acte créateur, qui se nourrit d'adversité et se bâtit sur le naufrage de la volonté, combien fade paraît une matière tout obéissante, qui n'est que le miroir de sa propre pensée. Quand on n'aspire qu'au mystère d'être traversé par la toute altérité du Souffle créateur, combien semble insipide un monde où l'on ne rencontre que soi-même !*

Ce que, sans l'avoir voulu, X m'a enseigné, c'est qu'être Dieu est ennuyeux. Et c'est peut-être pour cela qu'Il a créé l'être humain : pour que quelque chose lui résiste.

L'homme se rêve Dieu, quand Dieu se rêve homme...

Rapport 30

J'ai donc réintégré mon corps de chair. Ce fut plus doux que j'aurais pu l'imaginer. Une manière de familiarité me liait à sa pesanteur, à son obscurité. Je l'avais habité une fois, c'était comme s'il s'en souvenait. J'ai activé un à un les filtres du cerveau, jusqu'au Rideau d'Oubli qui m'a séparé de tout ce que je fus, de tout ce que je suis. Pour ne pas sombrer, ma conscience s'est immédiatement accrochée au seul vestige de ma vérité perdue : le regard aimant de mon unique. Dans ces ténèbres de l'incarnation où, tel un Humain nouveau-né, je m'étais égaré de mon plein gré, rien d'autre que son amour ne me donnait à moi-même et ne me préservait de ce néant qui menaçait de tous côtés de m'engloutir.

□ Désires-tu t'essayer à l'art humain ? m'a-t-elle demandé.

□ Je désire comprendre ta folie d'Humaine.

□ Alors, viens.

Elle m'a installé devant un bloc d'argile, sur lequel elle a posé mes mains.

☐ À toi, maintenant !

☐ De quoi faire ?

☐ De jouer avec la matière dense !

☐ Comment ?

☐ Crée ! Toute la Terre n'aspire qu'à se laisser modeler par le Souffle divin !

☐ Mais je ne sais pas faire.

☐ C'est pour cela que c'est possible !

☐ Guide-moi.

☐ Laisse tes mains te guider.

☐ De quelle manière ?

☐ Place en elles toute ta présence et toute ton attention. Comme lorsque nous nous sommes unis à travers elles.

Je fis comme elle me disait. Je laissai mes fluides perceptifs ouvrir un chemin dans cette densité, ce qui fut relativement aisé à défaut d'être sans douleur. Mon agrégat subtil, à travers mes mains posées sur la glaise, en sentait à présent la vibration profonde et sourde et le velouté moite. Bien que douée de l'inimaginable immobilisme qui caractérise ce plan d'existence, l'argile est une matière qui appelle la métamorphose. Comme une image subtile assez jolie-baroque me traversait, je l'arrêtai-figeai et commençai à bouger mes doigts dans le but de l'inscrire dans cette matière. Mais rien n'advint d'abord selon mon souhait. À la peine

d'immobiliser une forme-pensée naturellement vola-
tile et fugace s'ajoutait celle de m'essayer à la repro-
duire dans un élément dont les inerties s'opposaient
absolument à chacune de mes tentatives. Il semblait
impossible de corriger un défaut d'un côté sans en
ajouter plusieurs d'un autre. Néanmoins, avide de ne
pas céder devant ma belle à l'apathie-désespérance, je
m'obstinai. Et peu à peu, tant bien que mal, je parvins
à mes fins : dans la terre s'était à peu près formée mon
idée. Tout à la liesse-apothéose d'avoir triomphé de
l'obstacle, je ne remarquai pas d'emblée la face morne-
apitoyée de mon aimée.

☐ J'ai réussi !

☐ Vraiment ?

☐ Tu n'aimes pas ?

☐ Et toi ?

Je pris un temps pour observer le résultat de mes
efforts.

☐ C'est à cause de cette matière épaisse, rebelle,
indocile ! Quel intérêt de tenter d'inscrire dans cette
grossièreté gourde-inerte la toute-finesse de mes inspirations ?

☐ Aucun intérêt, en effet.

☐ Alors pourquoi me le demander ?

☐ Laisse tomber tes inspirations !

☐ Comment ça ?

☐ Regarde ton œuvre : tu as voulu faire oublier la
matière dont elle est faite au profit de l'idée que tu

souhaites y inscrire. Mais la matière ne se laisse pas évincer ! Elle demeure, comme ce qui met ton travail en échec.

C'était vrai. Avant mon intervention, l'argile brute, quoique informe, recelait une beauté propre. À présent, elle ne se donnait plus que comme imperfection, défaut, difformité.

□ C'est que je n'ai pas la technique !

□ Si la technique ne sert qu'à gommer la résistance de la matière, elle ne produit qu'un art mensonger.

□ Enfer-déliquescence ! Alors comment créer, sur un plan d'existence où la matière s'oppose à l'idée ?

□ En cessant de fabriquer des idées qui s'opposent à la matière.

□ Je ne comprends pas.

□ Ce n'est pas la matière qui s'oppose à la création : c'est toi qui t'opposes à la matière !

□ Que faire, alors ?

□ Ne lui résiste pas.

Elle prit mes mains, et les posa de nouveau sur l'argile.

□ Sens.

Bien que mon champ de perception fût déjà fort réduit par mon incarnation, j'éprouvai le besoin de fermer les yeux, pour concentrer davantage encore ma présence sur la pulsation ténébreuse de la terre. Au bout de quelques laps, celle-ci me semblait irradier dans tout mon agrégat subtil, m'entraînant tout entier dans sa sombre résonance.

☐ C'est bien, me dit-elle.

☐ Et ensuite ?

☐ Rien.

☐ Comment, rien ?

☐ Laisse-toi faire.

Irrité-crispé, je me résignai à demeurer dans cette posture, attendant que se produise ce qu'elle avait en vue. Une demi-phase se passa ainsi, sans que rien ne vînt. Excédé, je lâchai la glaise et me tournai vers elle.

☐ Ton sketch commence à me farcir la coupole !

☐ Qu'est-ce qui ne va pas ?

☐ Je ne comprends pas ce que tu attends de moi.

☐ De toi ? Mais rien de rien !

☐ Tu te moques...

☐ Pas du tout ! C'est toi-même qui attends quelque chose de toi. Ainsi, tu es obstacle.

☐ Obstacle à quoi ?

☐ Pose tes doigts sur cette terre.

Une nouvelle fois, j'obtempérai. Au même moment, d'un lent mouvement des mains, elle se mit à parcourir toute la surface de ma peau d'une onde-caresse délectable-lascive qui fit affluer mes parties suaves aux lisières de mon corps.

☐ Quand je te caresse, ce sont mes mains qui écoutent ta chair. Le sens-tu ?

☐ Oui...

◻ Moi, je n'interviens pas.

Abandonné à la saveur vivante de ses effleurements, je laissai mes sensations s'offrir à son toucher, en une danse amoureuse qui n'était menée ni par elle ni par moi, mais naissait à chaque instant de la rencontre de nos corps.

◻ Agis de même avec l'argile.

◻ Je ne comprends pas...

◻ Laisse la matière jouer avec ton corps. Toi, disparais !

C'est en plein désarroi-déconfiture et les circuits d'entendement carbonisés-rôtis que je revins à mon ouvrage. Mes mains prirent d'elles-mêmes contact avec la glaise, et je sentis qu'elles recevaient sa texture avec délice. Avides de pénétrer-sonder plus en profondeur l'intimité de cette matière, elles se mirent à la pétrir doucement. Mon agrégat subtil, nourri du rythme grave et lent de la terre, était doucement traversé d'une onde de sérénité-silence. Tout à cette sensation-nouveauté, j'en oubliai la présence de mon aimée, je négligeai de me garder conscient de son regard posé sur moi pour me souvenir de qui j'étais. Envahi par le mouvement de la vie qui traverse toute matière, soudain je ne fus plus rien ! Tout mon corps était animé d'un élan qui ne naissait pas de moi, mais de la rencontre entre la pulsation de l'argile et celle de ma chair. Ce mouvement faisait danser mes mains, naître une forme dans la terre. Elle grandissait, s'affermissait, se

203

précisait. Puis mes mains se délièrent lentement de leur objet d'amour.

◻ C'est magnifique.

Un sursaut me ramena durement à moi-même. La voix de ma sublime, son regard sur moi me rappelaient soudain que j'existais. À ma stupeur, une sourde tristesse m'inonda.

Qu'il était bon de n'être rien !

◻ As-tu compris ?

Je contemplai l'œuvre née de mes doigts, de la rencontre entre la matière et la Verve-Désir dans l'espace vide que j'avais été. Aucune idée n'avait pris forme, aucune intention n'était lisible, et je ne pouvais rien revendiquer. Mais l'argile avait pris vie. Dans cette danse insaisissable et immobile qu'était l'œuvre issue de mon néant, la terre semblait jubiler d'être irriguée par le Souffle-Mystère.

Et, mes compères, en vérité, c'est une beauté que nous ne connaissons pas.

◻ As-tu compris l'Humain ?

◻ Oui.

Rapport 31

Mes frères bien-aimés... C'est dépourvu de la moindre espérance que je vous délivre ce qui sera mon dernier rapport. Aurais-je dû vous écouter, et rebrousser chemin tant qu'il en était temps ? Je l'ignore. À l'heure où le désastre est irrémédiablement consommé, une voix dans mes tréfonds murmure encore que tout est bien. Fallait-il que je me perde dans l'accomplissement de ma mission pour être fidèle à la prière-arcane de mon existence ? Mes Vénérés Mandants, je suis allé au bout de ma tâche, et crois avoir ouvert à mes aimés Subtils des horizons de Toute-Nouveauté. Divulguerez-vous mes rapports ? Ou les dissimulerez-vous, interdisant désormais toute mémoire de la planète des Fous ? Vous opérerez selon l'ordre juste, et cela ne m'appartient pas. Je vous demande seulement de vous souvenir de moi comme d'un compère à qui l'élan-désir ne fit jamais défaut, un semblable qui, toujours, se laissa mouvoir par l'état de noblesse.

Après la stupéfiante expérience que je vous ai narrée dans mon précédent rapport, égaré-saisi d'une frénésie-désir démesurée, je me suis jeté comme un vierge-errant dans la quête effrénée de ce néant dont j'avais éprouvé la toute-béatitude. Faire l'amour à mon adorée, n'aspirant d'instant en instant qu'à m'abolir, afin de n'être plus qu'un vif-espace disponible à la folie du Feu-Désir s'unissant à lui-même dans la liesse de nos chairs... sonder les arcanes de l'art humain, me vidant de moi-même afin de laisser place aux noces-ardentes, à travers mon corps, de la matière et du Souffle-Mystère... n'être plus rien, que le Miracle soit. Car ce néant que les Fous consacrent à leur insu tous leurs efforts à fuir, qui les borde et les menace dès que leur conscience se trouve emprisonnée dans les ténèbres du corps, est en réalité la quête la plus sainte et la plus sublime, le très haut parage des retrouvailles aimantes entre le Mystère des Mystères et son Enfant perdu. Mes compères, telle est donc l'insoutenable lumière que je retire de mon exploration : la planète des Fous est, parmi tous les univers, le lieu du Grand Accomplissement.

(Quelle vérité métaphysique X a-t-il entrevue dans les affres de son agonie ? Ces dernières paroles, qui sont en quelque manière son testament, demeurent obscures. J'ignore si elles furent plus accessibles à ses destinataires Subtils.)

Mais cette lumière, je la paye du prix le plus élevé qu'on puisse imaginer. Car voici : après des phases et des phases, à n'aspirer qu'à perdre le sentiment de moi-même et du temps dans la toute-intensité d'aimer et de créer, je me suis trouvé à ce point éreinté-consumé que j'ai senti la nécessité soudaine et impérieuse de laisser là cette chair, et d'aller recouvrer vigueur en des paliers moins inhospitaliers. C'est alors que l'étendue de mon infortune s'est révélée à ma conscience.

Je ne peux plus quitter mon corps.

Mon agrégat subtil, ayant dévoré trop d'ardeur dans sa quête de l'inexploré, ne sait plus se frayer à rebours un passage dans des densités qu'il a pénétrées trop profondément. Cette matière qui me cloître-emmure dans une geôle de ténèbres, je suis incapable de lui échapper tout autant que d'y demeurer plus longtemps, n'ayant plus la force de résister à la terrible pression des basses compacités. Ainsi suis-je abîmé dans un tourment-supplice dont chaque instant accroît le caractère intolérable. C'est à peine si j'ai encore la faculté de désactiver pour quelques laps le Rideau d'Oubli. La force-ténèbre inexorable qui m'engloutit recouvre inlassablement ma conscience, désespérément tendue vers quelque lumière, d'une chape de néant dont elle n'a presque plus la vigueur de s'extraire. Sous peu, je ne pourrai plus vous envoyer la moindre forme-pensée. Et mon corps lui-même, sans pouvoir davantage s'en affranchir, se rebelle contre cette âme qui, n'étant plus que souffrance, l'habite et le rejette à la fois. Au comble du chaos-douleur, je n'espère plus qu'en l'ultime Dissolution-Disparition pour échapper à cette impasse, à cet enfer.

Mon destin.

Adieu.

L'agonie de X dura trois jours et trois nuits. Désarmée, désespérée, je regardais ce corps aimé se tordre sur mon lit, théâtre d'une lutte à mort entre deux principes tellement opposés, antagonistes, et qui se déchiraient de s'être trop aimés. Sa souffrance était à ce point immense que je ne souhaitais plus que sa délivrance : qu'il quitte à tout jamais cette chair qui lui était si étrangère, un piège, le plus terrible des périls. Qu'il meure, puisque c'est ainsi que nous nommons cela.

Le troisième jour, l'intensité du combat s'affaiblit. Son corps pâle, exsangue, semblait devenu incapable du moindre mouvement. Durant plusieurs heures je le veillai ainsi, guettant son maigre souffle, caressant son visage, son torse et ses mains.

Soudain, je tressaillis. Ses yeux étaient ouverts. Il me regardait. Une paix étrange émanait de son être, celle d'après les batailles. Je vis ses lèvres remuer, je me penchai vers lui pour l'entendre.

□ J'ai... rêvé.

Je pressai sa main pour l'encourager à poursuivre.

□ J'étais un nouveau-né... Humain. Tout juste... sorti du ventre... de ma mère.

□ Qui était ta mère ?

□ Ce n'était pas toi.

Je sentis sur mes lèvres un pâle sourire. Il avait lu en moi. Il m'attira contre lui.

□ La vie ne sépare ceux qui s'aiment... qu'en apparence. J'ai compris...

Sa voix était tellement basse qu'il me fallut coller mon oreille contre sa bouche.

□ Il faut mourir... avant de naître. Je suis venu ici... Pour mourir. Et naître.

Un spasme de douleur l'interrompit quelques secondes. Il cherchait son souffle.

□ J'ai compris... Ce que nous appelons... Disparaître. Et je désire cela. Je désire... Naître humain. Merci...

Ne pouvant plus retenir mes larmes, je m'effondrai contre sa poitrine.

□ Merci... d'avoir été... ma Passeuse.

Ce furent ses derniers mots. Un ultime et long soupir s'exhala de sa bouche. Son corps était inerte. Inanimé.

Il était délivré.

Je sais que je me suis étendue contre cette chair désertée de présence. Je sais que je suis demeurée longtemps à tenir cette matière qu'il avait habitée. Je sais qu'au fil des heures j'ai lentement plongé dans une étrange somnolence, et qu'à mesure que j'étais aspirée dans la torpeur son corps me semblait peu à peu perdre en consistance. Je sais que j'ai fini par m'endormir d'un sommeil profond, qui a duré plus d'un jour entier.

À mon réveil, son corps n'était plus là.

Je sais que je n'ai pas rêvé.

Aux Éditions Albin Michel

COLÈRE, roman, 2001.

PÈRE, récit, 2003.

Composition IGS
Impression Bussière en février 2005
Éditions Albin Michel
22, rue Huyghens, 75014 Paris
www.albin-michel.fr
ISBN : 2-226-15836-7
N° d'édition : 23159 – N° d'impression : 050640/1
Dépôt légal : mars 2005
Imprimé en France.